W0182248

AU PAYS DES MILLE ET UNE NOUVELLES

Alice Lacour

TOME 1

Pour mes enfants, ma source de vie

Alice Lacour est née en Ardèche l'an 1966.

Cet ouvrage est son cheminement entre le vécu et le fantastique, avec en toile de fonds, une note affective pour ses racines en terre ardéchoise.

L'écriture devient son terrain favori pour jouer avec les mots et faire partager ses nombreux calembours.

Au passé, présent et futur le mot est là, fidèle à l'âme qui l'adopte. Une plume pour des écrits, des **mots** écrits, et des **maux décrits** pour **des cris** sur des lignes de vies.

Laissez-vous transporter au pays des mille et une nouvelles, celui qui par addiction vous donnera le tournis car tout est **extra ordinaire** mais tellement **extraordinaire** à partager.

Sa devise : la passion est la plus belle des raisons et la superstition peut en être sa potion.

Ardéchoisement

L'histoire de...

A partir de faits réels

CLADDAGH

Talisman d'origine irlandaise

Symboles : Confiance - Loyauté - Amour

Mon pendentif - An 2012

L’histoire du pendentif

Ce pendentif symbolise une offrande ; l’alchimie de trois symboles : les mains pour la confiance, la couronne pour la loyauté, le cœur pour l’amour.

Toutes les histoires d’amour se terminent ainsi : un échange d'anneaux et la traditionnelle phrase « ils se marièrent et eurent beaucoup d’enfants ». Celle-ci commence ainsi : « il lui offrit un pendentif et ils eurent la liberté de s’aimer. »

Le livre s’ouvre à la page six, sixième mois de l’année. L’histoire naît un mercredi, le treize. Un homme ébranle l’épisode de ma vie. Son prénom aurait pu commencer par un M. Aime ou pas ? Aimé aurait été le prénom le plus approprié à cet être aimé. Nos regards se croisent, des pensées cachées : « Il est charmant »... « Elle est charmante ». Emoi est le sentiment qu’en moi, cet être sera, à moi, sur de nombreux mois.

Mon avenir se joue sur une journée, ou plutôt quelques heures à ses côtés. Je mesure sa qualité, juge de sa liberté.

Et plusieurs rendez-vous se suivent, des mercredis en nocturne. Nous échangeons sur nos vies, nos parcours, nos ressentis, nos envies, nos goûts et couleurs, nos visions de l'après, avec pour accompagnement une eau gazeuse. Nous bullons et concevons de vivre d'amour et d'eau fraîche.

Des jours et des jours s'écoulent avant que le mois d'août ne fasse naître en nous une petite flamme en un premier baiser. Le ciel étoilé fait briller cet échange furtif, dans cet endroit paisible qui n'est autre que le cimetière d'Antraïgues, devant la tombe de Jean Ferrat ; pour un baiser de paix et longévité. Nos mains s'effleurent, nos doigts s'entrelacent, la magie opère. Plus tard dans la soirée nos lèvres se provoquent pour le second baiser, sur le parking à proximité du cimetière d'Aubenas où nos véhicules sont stationnés ; un baiser d'au-revoir.

Puis tu pars pour une semaine à l'étranger, me laissant le vague à l'âme. Des vacances programmées depuis plusieurs mois, qui tombent comme un coup de massue sur cette idylle naissante. Nos messages journaliers sont marqués de moult questions réponses, beaucoup d'U.P., « Unités Plaisir », comme nous en avons baptisé ces initiales.

L'absence devient lourde, le temps tel un compte à rebours se fait languissant.

Le besoin grandissant jour après jour de ta présence, pas un jour sans toi, nos âmes se manquent, inconsciemment. Enfin le grand retour en cette fin du mois d'août.

Tu m'offres un pendentif, je m'imprègne du symbolique message de ce bijou. A mon cou il y est, depuis, et n'en déloge point. A travers lui passe le message que tu m'as donné, celui de croire en nous.

A l'orée du neuvième mois de l'année, en ce sixième jour, à l'approche des douze coups de minuit, sous un pont centenaire nos yeux se noient dans l'amour. Ce n'est point le pont des soupirs mais le pont des plaisirs. A cet instant, nous construisons nos nouvelles vies. Nous plantons notre petite fleur, souhaitant qu'elle embellisse encore plus, de jour en jour. C'est donc réel, sous le pont, au clair de lune, nous sommes amants. Amant est un bien beau mot, dans amant il y a : Amour.

Presque trois mois que nous nous connaissons, c'est beaucoup mais peu par rapport à ce qui nous attend.

Il ne se passe pas un jour sans nouvelles, pas une demi-journée sans messages. Et ce fameux soir où l'ivresse des lettres m'emmène dans un tourbillon d'écume de consonnes et voyelles. Mes doigts glissent sur les touches, je suis subjuguée par la magie des mots. Dévale alors une cascade de phrases, en ricochet, en l'espace de quelques minutes. Du tac au tac, un mot de ta part et je riposte telle une *cow-girl* qui dégaine aussi vite que son ombre. Tu me demandes ce que ces mots évoquent pour moi, j'y réponds.

Amour :

« Adorer est la plus belle passion, aimer est la plus belle raison ».

Avenir :

« L'avenir appartient à ceux qui y croient ».

Beauté :

« Il n'y a pas plus beau visage, que le tien dans mon paysage ».

Cœur :

« Quand l'amour frappe à ta porte, ouvre-lui ton cœur ».

Corporel :

« Encore est à l'accord, comme nos corps sont à j'adore ! »

Délice :

« Mon délice à moi, pour mes caprices de toi, à volonté sans loi, juste toi et moi envers et contre tous ».

Dieu :

« Nulle n'est déesse sans un Dieu, toi ! »

Etoile :

« Croire en son étoile est un chemin, suivre une étoile est son destin ».

Frisson :

« Quand je pense à toi je frétille, mon amour pour toi pétille ! »

Inspiration :

« L'inspiration vient des entrailles, l'amour est un facteur qui la travaille ».

Intensité :

« J'aimerais écrire intenséMent avec deux M, pour t'aimer doublement ».

Lettre :

« La plus belle lettre de l'alphabet est le M : Aime ».

Lumière :

« Il n'est plus belle lumière que la tienne, elle se reflète dans mes yeux telle une prière ».

Merveilleux :

« La merveille est un délice, la rendre silencieuse serait un supplice ».

Pétillant :

« Tes yeux pétillent, comme mon corps s'émoustille ».

Plaisir :

« Mitraille en moi un plaisir qui m'émeut ».

Romancer :

« Un roman est une histoire glanée, ma plus belle romance est à ma portée ».

Sagesse :

« Sois sage et écoute, le message en route, un présage sans doute, un adage coûte que coûte, c'est le message du cœur ».

Soleil :

« Notre soleil est source de vie, tous les jours il ***luit****, l'espoir est en* ***lui*** *».*

Sourire :

« Le sourire est, par tout temps, le plus beau soupir ».

Talent :

« Le talent revient à celui, qui, par amour le détient ».

Tendresse :

« La tendresse est un subtil chocolat, qui de sa délicatesse vous laisse béat ».

Voler :

« Nul besoin de planer, l’essentiel est de s’envoler ».

Je suis transportée dans un nuage de buée où chaque gouttelette brumise mes pensées, je ne peux en contrôler la retombée. J’ai des vertiges tant mon esprit se précipite dans mes réponses. Un branle-bas de sensations se fait ressentir dans mon comportement, je suis en voyage émotionnel.

Une sonnerie annonce un nouveau message. La profondeur de tes mots retentit comme un orage, tes paroles ensoleillées s'irisent tel un arc en ciel :

« De l’amour, je t’en donnerai, jusqu’à ma mort si tu le souhaites. Je t’aime ».

La respiration me manque. Je vais me noyer tellement je plonge pour m'abreuver de tes mots. Je suis ivre de toi, deux mots s’échappent de ma bouche : je t'aime.

Mots que tu happes, assoiffé. Nous sommes tous deux comateux. Nous venons de mettre dans notre malle aux trésors notre belle pièce d'or. Toutefois, nul n'est immortel, contrairement à certains pirates, notre trésor se doit d'être : chaque instant passé ensemble. Carpe diem ! Par cet amas d'amour, nous venons de mettre un modeste trait de couleur sur le tableau de notre vie.

« Chut...rien entendu...rien vu... Dans le jardin délice d'Alice...me voici chêne centenaire...sur ma peau de bois...elle dessine...un cœur avec une lame de fer...chut...et grave quelques mots...que je garderai à jamais...chut...rien entendu...rien vu ! »

Je peux maintenant ajouter aux nombreuses qualités découvertes chez toi : l'Ame d'un Poète.

Nous avons ce point commun d'aimer l'aventure, la découverte, la vie ! Mais ces mots peuvent-ils poser sur notre relation une réelle histoire ? Il nous faut les vivre, les palper, les sentir pour en avoir le cœur net. Traverse alors dans nos esprits l'envie de nous abandonner une dizaine de jours, en duo, dans notre bulle, loin, finir et démarrer une nouvelle année hors de notre pays.

La Grèce est notre terre d'asile pour treize jours d'évasion, de complicité, de partage, d'amour.

Sac à dos, chaussures de randonnée, carnet de route en main et nous voilà partis sur les routes grecques, à l'aventure, la belle aventure. Nous évoluons avec les mêmes ressentis, besoins et envies. Athènes est l'escale de notre première nuit, dans un petit hôtel, à quelques mètres du centre-ville, à quelques pas de l'Acropole.

Le quartier Plaka nous envoûte ; dans ses ruelles, nous nous perdons. Carte postale posée sur ces lieux, en cette belle nuitée étoilée d'espoir. Nous visitons la Capitale, main dans la main, heureux comme des poissons dans l'eau, curieux comme des fouines.

L'ambiance de cette fin d'année, à deux jours de Noël, est chaleureuse. Nous croyons au Père Noël et espérons fortement qu'il amènera dans sa hotte une ribambelle de petits papillons au cœur tendre, pour des années de lumière, en un ver luisant éternel, en nous.

Chaque jour est un épisode rocambolesque dans le film de notre voyage. Nous pénétrons dans les terres, par moment nous sillonnons et longeons les côtes. La visite des sites est notre plus belle empreinte en ces lieux, nous nous délectons de cette histoire, de ce passé en ces pierres, comme envoûtés. Sur notre chemin, nous apercevons des arbres garnis de fruits jaunes et orangés et ces effluves d'agrumes nous enivrent. L'olivier déploie en ses branches des paniers de fruits. Tout n'est que volupté, plaisir. Nous vivons d'amour et d'eau fraîche, à l'heure grecque, déconnectés de nos racines.

Réveillon de Noël dans un bourg, face au petit port de plaisance.

Nous prenons l'apéritif dans un bar plongé dans une semi-obscurité, accueillis par une agréable ambiance musicale. Nos voisins de table échangent des mots chaleureux, dans cette langue sensuelle à nos oreilles qu'est ce parlé grec.

Leur dialecte roucoule et s'envole, venant se poser sur nos paroles. Dans un angle, le feu crépite dans un foyer ouvert, des guirlandes lumineuses flirtent avec les murs. Noël est là, en cette veillée. Un petit rien nous transporte dans une euphorie, nous nous esclaffons pour un mot, un sourire, un regard. L'ambiance est au rendez-vous, elle nous colle à la peau depuis notre arrivée à l'aéroport.

Une room trouvée in-extrémis et la nuit du réveillon de Noël se termine sur les chapeaux de roues, dans un tournis de sensations douces et agréables.

Jour de Noël, levés de bonne heure et de bonne humeur, nous voici sur le parvis de l'église, nos pas se dirigent vers une porte entrouverte. Nous poussons les portes du Paradis et découvrons une autre dimension. Nous sommes éblouis par les éclats de tous côtés, nous emmagasinons toutes ces poussières d'étoiles. Nombreux sont les édifices religieux et riches ils sont, de leur prestance.

Le soleil brille, la vie est belle ! Notre fête, midi et pique-nique improvisé en ce vingt-cinq décembre, dans un petit port de pêche, sur la mélodie du clapotis de l'eau contre la coque des barques amarrées. Cliché bucolique et noble en sa simplicité, à l'image de notre ressenti.

Depuis notre arrivée dans ce pays, la sagesse et la fidélité nous frôlent, en ces chats de tous côtés, en leur indépendance qui est notre devise. Les sites visités sont des échos qui sonnent en nous la parole de l'espoir, trace du passé.

Au gré de nos errements, nous découvrons une pancarte avec l'inscription « ΣΜΙΛΑ » et la traduction « VILLAGE OF LOVE ». Nous nous regardons et comprenons que nos pas nous conduisent toujours vers l'Amour.

Sur les hauteurs d'un château fort, nous allons, sur un roc, graver nos initiales. L'acier incise la pierre et laisse couler dans ses veines deux lettres encadrées et scellées par un cœur. Une union spirituelle naît. La brume, la pluie, le soleil se poseront sur nous, à tout vent, pour la nuit des temps.

Des kilomètres au compteur et toujours cette addiction à nous enivrer du paysage, à savourer chaque instant.

Ses yeux dans les miens, sa main dans la mienne, son corps contre le mien et ses paroles deviennent miennes. Nous atteignons notre vitesse de croisière, nous sommes à la même altitude, notre voyage est en symbiose. Nous finissons l'année en apothéose, aux pieds de l'Acropole, sous un tonnerre de crépitements qui se perdent dans les cieux, feux d'artifice sur cette aventure de treize jours, lune de miel sous un ciel étoilé.

A Athéna, nous démarrons une nouvelle année. Mais nous rapportons dans nos bagages, Aphrodite et Eros qui sont désormais ancrés en nous.

Belle aventure que cette échappée, douce romance que cette histoire, lieu de prédilection que cette destination !

Des mois s'écoulent sans altérer le bonheur des premiers jours. La complicité s'accentue, les fils d'argent tissent un canevas, ces fils sont conducteurs d'émotion, d'affection. Cette tapisserie raconte l'histoire d'un bijou qui unit deux êtres de lumière. L'illumination **est en** leur cœur, **étant** leur cœur.

Tu me demandes de me contenter de t'irradier, que cela te donne de la force.

Tes mots sont toujours aussi précieux et ne se dénaturent pas avec le temps qui passe.

J'entends et ressens ce que je représente pour toi : « Je te rends heureux. »

Je suis :

« Ton soleil dans la tempête »

« Ta source dans le désert »

« Ton clair de lune dans la nuit noire »

« Ta force dans la fatigue »

Entends et reçois ce que tu représentes pour moi : « Tu m'électrises et m'enflamme »

Tu es :

« Le rayon de soleil qui m'illumine »

« L'oasis qui me désaltère »

« La lumière qui me guide »

« La puissance qui m'aide à croire en l'amour »

Tu aimes que je t'aime et j'aime que l'on **s'aime**...**s'M**...**sème** les graines de notre petite fleur. Pour nous, le printemps c'est tous les jours.

La réalité nous met devant l'inéluctable, rien ne nous force à nous aimer ; nous le choisissons.

Je te vois, je le vois, le pendentif qui scelle notre idylle, ce bijou qui vaut tout l'or du monde, cet objet qui se passe de signature pour le contrat d'une vie à deux, celui qui effleure ma peau et touche mon cœur.

Il est délicieux de ressentir ce pouvoir, celui de nous appartenir sans nous posséder, d'être dépendant et indépendant. Echange excitant et puissant qu'est cette liberté de nous aimer, sans bague au doigt, seulement au nom de notre passion et **non** de nos **noms**. **Deux mains**, **demain** pour nous, main dans la main.

Je glisse mes doigts sur le pendentif, celui qui me colle à la peau, celui qui me rappelle à toi, celui qui me donne des ailes, celui qui me rend heureuse et me remémore notre U.P. / Unité Plaisir, notre A.R.C. / Amour Respect Confiance.

Le temple : abri d'Aphrodite et Eros

Nos pas nous conduisent toujours vers l'amour.

Photo Alice Lacour - An 2012

LE SOMMEIL

D'où vient ce parfum subtil et léger ?
Une brise m'en dévoile l'infinie noblesse.
Sa saveur me plonge dans l'ivresse,
Attendries sont mes pensées.

Je me laisse envoûter,
Me libère et me sens légère.
A mille lieux je m'en vais,
Tourbillonnant au fond du cratère.

La réalité soudain m'extrait,
Reposée je m'éveille.
Parfum je sais à présent qui tu es,
Le pays des rêves dans le plus profond sommeil.

Poème Alice Lacour – An 2000

LA CERISE

Le cerisier déploie des bouquets de robes blanches.

Le soleil lui confère une couleur vert pomme.

Le pigment se teinte de rouge clair.

Une fin de course sur le rouge intense.

Photos Alice Lacour – An 2013

L'histoire de la mélodie du temps des cerises

Printemps été automne hiver, les quatre saisons se jouent sur une année.
Le vent, tantôt aigu ou tantôt grave saupoudre de ses notes les douze mois, autant en emporte le vent.

Le soleil, tantôt généreux ou tantôt timide caresse de ses rayons en accord avec les trois cent soixante-cinq jours.

La pluie, tantôt faible ou tantôt résonnante éclabousse de ses sons nombre de jours de l'année.

La lune tantôt pleine (blanche) ou tantôt nouvelle (noire) chante au clair de la lune, sans être dans la lune. De bonne ou mauvaise lune, elle ne nous promet pas la lune mais la lune de miel avec un croissant de lune.

Faire la pluie et le beau temps est le tempo de la mélodie annuelle.

Au rythme des saisons s'écoulent les chansons journalières des caprices de la météo.

Le temps fait parler de lui tout comme les gens font parler d'eux. Emprunté au temps, le printemps nous livre à temps ses pétales d'argent.

Valse de Vienne aux quatre saisons, **valses deviennent** les quatre saisons. Printemps, été, automne, hiver et valse le temps : les secondes, minutes, heures, jours, mois et années, les éternels feuilletons des saisons.

Au printemps prendre la clé des champs ou la clé de **sol**, d'un **sol** richement travaillé en ce terroir. La nature s'éveille dans une orchestration de bourgeons, une interprétation synchronisée du renouveau. Le cerisier déploie de jour en jour ses bouquets de robes blanches en des fleurs éclatantes de pureté. Gardant la cadence, les boutons libèrent pétales qui s'épanouissent idem un pop-corn, au pas de danse de Dame météo. Il serait bon de figer le temps sur cette partition qu'est la floraison, dans un silence absolu.

De cette fleur naît la cerise. Le fruit se déshabille doucement de son habit de fête. Le pédoncule en solo, duo ou trio porte le fruit naissant en bout de portée. Celui-ci se développe grâce à la météo clémente, au soleil radieux qui lui confère une première couleur acidulée vert pomme.

Rapidement le pigment se teintera d'orange puis de rouge clair pour terminer en fin de course sur un rouge intense idem des lèvres pourprées. Cerise est aussi un prénom, cerise est cherry (en anglais), chéri des palais gourmets, rouge passion.

Moult variétés de cerises riment dans un accord musical : « Le temps des cerises ». La Burlat chante le « *la* » laissant à portée de main : Cœur de pigeon, Napoléon, Rainier, Van, Reverchon, précoce de la Marche... **J'en** passe et les **gens** passent.

Cerise à croquer, à l'eau de vie pour la vie, en pâtisserie, confiture, boisson, pédoncule en décoction, c'est la cerise sur le gâteau ! L'on boit son nectar, son bois rosé à grain fin en ébénisterie pour le merisier (cerisier sauvage). L'arbre alimente le foyer tant par ses fruits que par la chaleur dégagée par sa combustion.

Le cerisier bourgeonne, fleurit, produit un fruit juteux, charnu et brillant. « En mai fait ce qu'il te plaît ! » Telle une offrande, l'arbre livre ses fruits avec volupté, à celui qui a su le guider vers une destinée colorée. Des échelles, un escabeau, des paniers, des cageots, à la fraîche tout le matériel est prêt pour s'activer sous l'arbre.

L'homme étale deux cagettes au sol et les couvre d'une feuille de papier, installe escabeau et muni d'un panier s'affaire à la cueillette.

Le soleil est timide en ce début de matinée. Les rayons n'ont point suffisamment déversé leur dévolu sur l'arbre, l'agriculteur se positionne sur les branches extérieures pour cueillir un fruit arrivé à maturité, de couleur rouge sang. Ses doigts agiles récoltent les grappes, le pédoncule ne doit pas manquer à l'appel. Le geste répétitif de cette cueillette allège les branches qui viennent frôler les feuilles dans un bruissement mélodieux. Ce fond musical végétal est au diapason avec le chant des oiseaux : idem une chorale naturelle.

Tel un chef d'orchestre, l'homme compose son panier dans une ronde de mouvements. Quelques feuilles vertes s'allongent dans la couleur, cassant le rouge. En quelques minutes le panier déborde de fruits. L'arbre est momentanément délaissé, les cerises sont dispersées dans les cagettes. Les fruits fendus sont ôtés car ils ne se conservent point dans le temps. La main leste du paysan chasse les feuilles qui jouent les trouble-fête dans la composition, elles quittent la troupe pour rejoindre le tapis terrestre.

Plusieurs semaines sont nécessaires à l'apparition du feuillage et seulement quelques jours suffisent à le revêtir d'un habit moiré : couleur feuille-morte il endosse.

La matinée s'écoule doucement et elle est rythmée par ce refrain incessant de la cueillette grandissante. Le soleil s'élève timidement et ne couvre que légèrement la nature à ses pieds. Les nuages, petits paquets de coton, s'invitent à la danse et alimentent le ciel de barbe blanche. Le vent du sud, annonciateur de pluie, emporte avec lui l'heure qui sonne au clocher. Dix tonalités retentissent en **chœur**, chahutant avec le **cœur** de l'homme qui semble entendre le tocsin. Cette note résonne doucement à l'oreille de l'agriculteur qui néanmoins déplore l'arrivée de la pluie. Le souffle chaud et léger du vent s'engouffre dans le feuillage et effleure son visage.

Levé aux aurores, un arrêt de cinq minutes serait le bienvenu. Adossé au tronc de l'arbre fruitier, l'homme s'abreuve, casse la croûte, les yeux rivés au ciel assombri. Une pause qui le transporte dans les couloirs du temps. Cette terre n'est autre que celle de son père, de son enfance à Saint-Privat.

Se sont succédés en ces lieux nombre de pas, moult discours, éclats de rire, nombreux instants qui ont fait la pluie et le beau temps.

Les jours se suivent et ne se ressemblent pas ! Pas un jour sans inquiétude, pas un jour sans lassitude. Le métier de la terre est à la botte des caprices de la météo. Ce jour, elle rappelle à l'ordre et donne le tempo pour une cueillette dans les temps, le temps se dégradant. La récolte n'attend point et ne compte point. Lundi, mardi, mercredi, jeudi, vendredi, samedi, dimanche, tous ces jours sont sur la même portée pour orchestrer ensemble le temps des cerises. La pluie, la goutte d'eau qui longe le pédoncule et se loge dans le creux du fruit, le noyant jusqu'à l'éclatement, amenuisant ainsi sa vitalité dans le temps.

L'homme se presse dans son travail et tambour battant, déleste de ses fruits chaque branche de vie. Les paniers se remplissent, les plateaux se garnissent, les feuilles virevoltent, l'heure est à la révolte, le temps presse, les minutes sont à l'ivresse.

Peu avant les douze coups de midi, la troupe familiale entre dans la danse, venant en renfort.

Tout le monde met la main à la pâte, tout âge confondu.

Sous l'arbre, les doigts s'agitent pour cueillir ces fruits rouges. Chapardage au passage pour en savourer le délicieux suc. Moment de rêverie pour la petite (pas plus haute que trois pommes) qui glisse sur son oreille un duo de cerises en guise de boucles.

Le père de famille étale et trie les fruits, la mère cueille, le fils range les plateaux pleins dans la fourgonnette, la fille amène à son père les cageots vides avec feuilles de papier. Chacun joue sa partition, sa participation afin que riche soit la symphonie de cette journée, haute en couleur. Ce jour-là, la pluie gagne amenant un temps **pluvieux**, **plus vieux** est l'homme en ces heures perdues.

Les dimanches de cueillettes sont des journées de rassemblement. La petite maisonnée s'attroupe dès le matin pour prêter main forte. C'est dans la gaieté qu'elle partage le repas de midi, tiré du sac. Dans les champs voisins l'on entend à tous vents : paroles, rires et chants.

Nombreuses familles font ainsi, se retrouvent, le temps des cerises. Les « Bonjour et bonne journée ! » résonnent en chœur, du fond du cœur. Les hommes échangent : ressentis sur la qualité de la récolte, prévision du temps (de la pluie ou du beau temps).

Tout le monde vit au rythme du soleil, chaque heure au cadran est décomptée de l'échelle du temps, frétillement communicatif tel un opéra à ciel ouvert. Les vergers, alimentés par les double-croches des cerises, raisonnent de mille et une notes reprises par multiples bouches de tous côtés. La nature accueille ces êtres dans ses bras végétaux. Un fruit : la cerise, devient le point d'orgue de ces rencontres conviviales, en tant que chef d'orchestre. Elle mène à elle seule des troupes entières, sur une mélodie saisonnière, pour quelques jours. Des jours sans fin où le fruit est Roi, servi sur un plateau. Nombreuses familles vivent de leurs productions. Le fils reprend l'exploitation, la relève est assurée, les savoirs légués. Transmission de père en fils, jusqu'au prénom.

Ce fruit passe de doigts en doigts, du panier au plateau, du verger à la coopérative ou sur les marchés, on y mise dessus. Les papilles se réjouissent de cet aliment gustatif comme un joyaux d'art culinaire au fruité intense.

Printemps, été, automne sont les saisons de rondes folkloriques à tue-tête et l'hiver est le mois de la danse classique en decrescendo. Le cultivateur vit de ces trois saisons dynamiques agrémentées d'un panachage de sucré à récolter.

Trois fois trois mois pour un trio d'enfer dans les terres, le fruit d'une union naturelle où noyaux et pépins n'est point fruit défendu mais fruit à croquer, **à dent**...**Adam** et rêves. Imbibés de soleil à volonté, pêches et raisins s'échelonnent à souhait. L'homme vit au rythme des naissances et en oublie les nuits blanches, se berçant de l'influence lunaire.

Après Pâques, la lune rousse a le pouvoir de griller la culture en des gelées qui roussissent la végétation. Avoir vocation à l'agriculture est une évocation aux lois de la nature, les fausses notes sont le refrain quotidien. L'homme baigne dans cette ambiance depuis sa plus tendre enfance. Traiter, tailler, greffer, labourer, épamprer et éclaircir n'ont plus de secret pour lui, c'est de l'ordre de l'automatisme. Il vit au plus près de la nature, l'écoute et la structure. Visionner ses gestuelles, écouter sa partition est une invitation à la danse dans le milieu agricole. Il aime son métier. Le temps de la récolte venue, il cueille le fruit de son travail pour partager avec nous ce présent de la nature et le fruit de son savoir.

Soleil vent, soleil brume, soleil pluie, soleil grisaille, soleil flocon, soleil neige... soleil soleil, soleil omniprésent au fil du temps. Soleil lumière, soleil vie, soleil amour... ainsi va la roue des saisons.

D'année en année, le verger est récolté, les gestes sont répétés, la famille a partagé les repas sous l'ombre du cerisier, les duos de cerises se sont posés sur des petites oreilles, les échos ont retenti d'un champ à l'autre allant de l'éclat de rire aux cris joyeux des enfants, du chant des oiseaux aux chevaux rugissant sous le capot d'un tracteur ou d'une camionnette.

Au fil du temps, un terrain est abandonné puis un autre et celui du paysan qui a pris de l'âge au compteur de sa vie.

Les lieux perdent de leur âme.

Le vent souffle comme avant, le soleil brille pareil, la pluie tombe aussi. Le cerisier quant à lui se voit paré de lierre ou liane, de nids et de fourmis, la nature reprend ses droits.

Les saisons se répètent en chorus mais la symphonie jadis gaie et flamboyante se transforme en un requiem lugubre.

La cerise faute d'être cueillie se trouve confite à la branche, elle périt ainsi.

Alors vient le souvenir de la symphonie passée, les réminiscences des gens occupés à leurs tâches.

Le vague à l'âme, l'on suit cette tornade qui a emportée avec elle toutes ces belles années.

Les souvenirs sont des notes dans la partition d'une vie, des accents graves et aigus en accord avec le tempo.

Tout doit nous amener à cette conclusion : cueillir, croquer et savourer la vie comme un fruit arrivé à maturité.

Valses de Vienne aux quatre saisons, valses deviennent les quatre saisons.

Il était une fois, il y a longtemps, le printemps sous les cerisiers, le temps des cerises telle une belle épopée.

LA FEUILLE

Feuille tu tourbillonnes,

Dans les flots,

De ce vent chaud,

C'est l'automne.

Ta coloration s'est muée,

En un jaune ensoleillé.

Desséchée par les saisons,

Tu délaisses l'arbre où tu nichais,

A pleine envolée,

Pour un autre horizon.

En tas tu vas sécher,

En cendres tu vas t'envoler.

Poème Alice Lacour – An 2000

Derrière cette couverture d'église,

des pages sur lesquelles sont figés des édifices ardéchois.

Photo Alice Lacour - An 2013

L’histoire du jour sans fin

- *Quelles sont les nouvelles ? Je vais vous raconter la nouvelle ! Voici les nouvelles nouvelles !*

Couché sur ces pages, le récit de clichés qui va chambouler la vie d'une jeune femme : des images pour l'image, sur un parcours de **la vie** ; **l'avis** des fées approuvant sa mission de mémoire sur terre.

Le messager choisi est de sexe féminin. Dès lors où elle aura atteint ses trente-trois printemps, la photo se fera source d'épisodes surprenants.

Il était une fois l'histoire d'un jour sans fin.

Elle est née un jour d’automne mais arrachée aux bras maternels tendus par un mal inconnu : son petit cœur aurait dû cesser de battre. Il y a de cela presque un demi-siècle.

Les fées se penchent sur ce petit être. La fée blanche, de sa baguette magique, dépose la lumière de vie. Cordon ombilical coupé, mère et enfant séparées mais unie par ce lien venu du ciel, à l'orée de la Toussaint.

Précieux et fragile fil de soie que cette fibre maternelle qui s'est tissée au fil du temps entre ses deux êtres.

Cet enfant, née quinze mois après un beau garçon, s'appelle Alice. Prénom prédisposé pour une vie faite de rêves ? Le choix du roi avec la venue de cette fille. Cette seconde et dernière naissance donne du fil à retordre, canevas au point de croix sur la tapisserie familiale, couleur vive et éclatante se doit pour harmonie parfaite y être interprétée, ce malgré les aléas journaliers.

Jusqu'à sa dixième année, la mère place sa fille sous son aile protectrice car elle appréhende les lois de la nature qui font que, comme ça, un enfant peut être enlevé, pour le paradis blanc. Ce mal la ronge des années durant. Son corps et sa raison n'auraient pu lutter contre la perte de sa propre chair, son sang. Engloutie dans les décombres, cette femme se serait perdue, à jamais. Elle se jure de l'y rejoindre, plus tôt que prévu, si l'horloge vient à sonner le glas prématurément.

Les années suivantes lui amènent son lot de souffrance par les épreuves endurées par sa fille. Chaque porte d'hôpital franchie pour l'accompagner, est une étape difficile.

Cette femme n'aime pas le milieu médical. Ces bâtiments la transportent dans les couloirs du temps. Elle se revoit, à vingt ans attendre les cris poussés par son enfant. Cet hurlement qui aurait été les prémices d'une entrée dans sa vie sa fille lui a été enlevée et transportée en soin intensif.

Les années passent jusqu'en l'an deux-mille, et cette petite voix qu'Alice entend, celle de la fée blanche, celle qui a beaucoup d'imagination. Elle lui suggère de se lancer dans un rêve fou. Alice aime la pierre, le vécu, la nature, le naturel, l'authentique.

Ardéchoise et cœur fidèle, elle aime donner et recevoir. Alice se lance le défi de parcourir son département pour y photographier tous les édifices représentatifs de chaque commune, le noyau de chaque village : l'église.

Baguette magique pointée sur chaque clocher et la lumière fut pour une épopée sur six mois. Automne et hiver sont au rendez-vous des sorties journalières pour une clarté extrême, non pas par la lumière qui est moindre en cette période de l'année mais par le dégagement qui résulte du feuillage ôté. Convoi d'anges heureux en ce véhicule transportant Alice au pays des merveilles, accompagnée de sa progéniture et de sa maman.

Un clic immortalise tous les monuments, sur papier, pour une trace indélébile. Les cantons petit à petit disparaissent de la carte, le jaune fluo idem un rayon de soleil s'imprègne par une trace, de chaque commune. Un après-midi, une journée, deux jours, la mission donnée ne peut se calculer dans le temps.

Portée par la force des fées qui veillent sur elle depuis son plus tendre âge, elle aspire à la volonté de toujours vouloir aller au bout de ses rêves. Le désir anime le plaisir. La passion est la plus belle des raisons.

Sa vocation lui donne des ailes et lui fait croire en demain, l'émerveille et la guide en chemin. Nul n'est prophète en son pays, la jeune femme s'oriente à la borne, ne baisse pas les bras devant un village sans église, une devanture obstruée par des véhicules, une ombre, un soleil couchant, un chien pas très catholique, une panne, des encouragements décourageants.

Comme cette anecdote d'une villageoise qui avait cru la reconnaître et interpella Alice en ces termes :

- *C'est beau ce que vous faites mais si vous parcourez toute l'Ardèche, vous n'avez pas encore fini !*

Là est l'aventure ! Alice surpasse ses doutes, ses craintes et ses peurs, laissant l'adrénaline la guider dans ses recherches, l'émerveiller dans ses découvertes.

Alice effectue un tri de ses photographies par commune, les classe dans des enveloppes blanches et finalise le rangement par canton dans des enveloppes marron. Ce précieux trésor sera rangé dans une boîte archive. Et là, les fées se volatilisent, la fée blanche se fait oublier. Ces clichés sont aux oubliettes au fond d'un placard, pendant dix années.

Puis le jour de l'anniversaire du fils d'Alice, été de l'an deux-mille-neuf, il demande ce que sont devenues toutes les photos des ballades de ses neuf ans. Et voilà, le carton sort de son placard : moment propice aux souvenirs et à la conclusion que ce travail ne doit point retourner dans l'ombre. Les enfants d'Alice la motive et l'encourage à présenter au grand jour ce patrimoine.

L’an deux-mille-dix les fées dont la fée blanche réapparaissent comme par enchantement et tracent alors le sentier qui mène à la présentation des photographies à Vals-les-Bains. Moment émouvant : celle qui a été de tous les voyages s'est éclipsée quelques jours auparavant, dans un ciel étoilé. La maman d'Alice ne sera pas présente mais, quelques heures avant ce long voyage sans retour, elle est partie avec la promesse de sa fille qu'un livre naîtrait de ces photographies d'églises.

Fin mai, en cette salle Volane, la magie opère par l'exposition de vingt cadres. Clin d'oeil filial, Alice a choisi de présenter la photographie de l'Eglise de Quintenas sur laquelle apparaît l'ange blanc « sa maman ». Par le plus pur hasard, celle-ci est choisie par le journaliste, tel un ange tout de blanc vêtu, pour agrémenter l’article dans le journal local. Un premier article, une première révélation.

Cet homme a, par le choix de ce cadre, touché et exacerbé l'affectivité d'Alice. Une conversation s'installe, moment privilégié d'où découlent des confidences, **des notes** qui **dénotent** la sensibilité de ce photographe amateur. Une coïncidence dans cette rencontre ? La fille de cet homme est née le même jour et mois qu'Alice. Lors de leur échange, un cadre tombe, le verre se brise au sol, griffant la photographie en son intérieur, la photo de l'église de Sampzon.

Dans un silence absolu, les visiteurs parcourent tout le département, d'un village à l'autre, d'une église à l'autre avec au passage l'anecdote sur le quartier, le voisin, le temps passé. Le vacancier quitte les lieux avec l'envie d'arpenter les routes ardéchoises, de se délecter de ces édifices, de ce patrimoine. L'enfant se vante de connaître le nombre de cantons et communes auprès de ses parents, l'ayant lu en présentation de l'exposition. Une femme fait suivre sa chaise, d'une table à l'autre, d'un catalogue à l'autre.

Des écrits s'étirent sur le livre d'Or, s'allongent sur le papier pour ivresse donner à Alice sur cette semaine mémorable. Les promeneurs quittent la salle, déçus de ne pouvoir emporter dans leur poche ou sac à main une petite photo ou le marque page mémorisant cette exposition.

Fin Juin, c'est dans un esprit bucolique que l'exposition rejoint Saint-Privat, le village d' enfance d'Alice et l'endroit où elle souhaite être en communion avec sa maman afin de lui rendre hommage.

Des visites, des échanges, des rires, puis une rose offerte, pour cette journée Saint-Privadoise. Une fleur qui plonge Alice dans les pleurs. Alors, une main est tendue pour sécher les larmes de cette femme enfant, pour la guider au pays des mille et une merveilles à venir, l'avenir est entre ses mains.

A midi, un court moment de repos amène Alice sur le perron de l'église. Dans une niche, trône une statue de la vierge et l'enfant. A cet instant, son âme est seule **et perdue**, **éperdue** d'amour perdu.

Tout au long de l'après-midi, des mots, des phrases glissent dans le livre d'Or et laissent une profonde empreinte sur cette journée.

Début août, la Chapelle du petit Tournon à Villeneuve-de-Berg ouvre ses portes pour recevoir bras ouverts ces photographies uniques. Une flamme danse au-dessus d'une bougie. Alice baigne dans la quiétude des lieux et s'imprègne de ces murs qui l'accueillent chaleureusement.

L'ambiance est douce et agréable. Les écrits dans le livre d'Or sont des lettres porteuses d'encouragements. Là va naître l'envie de donner la vie.

C'est le début du second voyage. Après la photographie et les kilomètres au compteur, Alice veut refaire le périple une seconde fois, porter le défi de faire un ouvrage à partir de ses photos. Le projet est lancé, non sans mal. Pendant de nombreux mois, Alice endurera des nuits blanches dues au travail de recherches historiques, de lectures, d'écrits. Les émotions sont vives et parfois douloureuses pour ce voyage en solo, seule face à la mélancolie, un aller avec maman et un retour sans. Seule la promesse faite véhicule le désir d'atteindre le but.

Durant quinze jours, la chapelle des Pommiers à Ruoms devient lieu d'exposition pour présenter et valoriser le bâti, en ces journées du patrimoine, en ce beau mois de septembre. Une bougie, face à l'entrée, se consume doucement, apaisement en sa lumière, le visiteur s'y perd, songeur. De peur de briser l'instant magique des lieux, seuls des chuchotements s'élèvent de la bouche des promeneurs. Au cours du vernissage, le son des cloches s'invite au discours, à l'improviste. Sorti de la foule, un homme se présente à Alice. Il est peintre et aime particulièrement l'église de Sampzon, cadre de certains de ses tableaux.

Un petit clin d'œil, c'est la photographie de Sampzon qui s'est décrochée à l'exposition de Vals Les Bains. Hasard ou pas !!!!!

Une amitié naît de cette belle rencontre. Cette exposition clôture l'année deux mille dix.

Début juin deux mille onze, Alice vole jusqu'à Vesseaux. Histoire et histoires découlent de ce week-end dédié à l'historique de ce village. Rencontres et échanges alimentent les notes sur le brouillon. L'ébauche prend forme petit à petit, rien n'est laissé de côté, tout est noté.

Le livre d'Or conforte ce travail de longue haleine. D'ores et déjà, Alice a foi en elle et se laisse guider par les paroles de la fée blanche :

- *Ne t'inquiètes point des réflexions, regarde devant et crois en toi. Ne dit-on pas « la critique est facile mais l'art difficile ! »*

Le pays des merveilles est un monde mystérieux qui fait la pluie et le beau temps, au rythme des épisodes marquants, des envies du moment, du pouvoir envoûtant découlant de l'adrénaline ressentie à chaque nouvelle étape.

Début juillet, c'est la fête à Chandolas, faites-le savoir ! Les cadres tournent et virent et s'invitent à la danse. Les fées chantent à l'oreille d'Alice la bonne aventure. Le tournesol tourne le dos au sol, mais illumine les vases de sa couleur chaleureuse et rayonnante. Voyage photographique en ces lieux, les visiteurs prennent le ticket de l'aller-retour en terre ardéchoise, d'un village à l'autre, d'une église à l'autre.

De mi-septembre à mi-octobre, l'exposition va fleurir une grande et vieille bâtisse, une résidence pour personnes âgées à Aubenas. Alice fait partager sa passion, ses émotions, ouvre son cœur sur cette épopée fantastique. Les mois passés n'ont en rien effacés la peine, tant affective que physique et morale.

Les nuits sont courtes mais ravivées par l'enchantement porteur d'espoir : les paroles s'envolent mais les écrits restent ! L'ouvrage prend forme de jour en jour, laissant entrevoir une naissance possible courant de l'année à venir, si Dieu le veut !

Début novembre, Alice est de nouveau sollicitée pour une deuxième exposition à Vesseaux à l'occasion des castagnades d'automne (fête de la châtaigne). Météo et moral ne sont pas au beau fixe mais elle répond présente, pour la der des ders. De belles rencontres marquent cette journée faisant ainsi le palmarès de cette exposition photographique. Un homme est passé, a visionné cadres et catalogues, a laissé un mot, une adresse électronique, puis il est parti sans même mettre un visage sur le prénom qu'il a lu sous les photos. La curiosité d'Alice l'amène à correspondre avec ce mystérieux visiteur, sur quelques jours. Notez que nous retrouverons cet individu presque deux ans après. Vingt-quatre mois durant lesquels Alice s'isole pour travailler l'ouvrage.

Merci à tous les signataires du livre d'Or. Ces témoignages, encouragements sont porteurs à la contribution d'un travail de mémoire. A la volée, Alice vous offre quelques bribes, dorées à l'or fin.

« A.B.C / Art Beauté Culture » ; «Félicitations pour ce travail de patience » ; « L'Ardèche est belle et en plus vous la mettez en valeur sur tous points, bravo ! » ; « C'est tout simplement magnifique ! » ; « Merci de nous faire découvrir

l'Ardèche » ; « Un travail de titan ! » ; « Superbe, jamais vu autant d'églises en un même jour » ; « Bravo pour ce travail remarquable de photographie au service de la promotion du patrimoine de notre belle Ardèche » ; « Avec nos vifs encouragements, continuez ! » ; « Un peu de beauté dans ce monde chaotique ».

« Je t'aime maman, c'est magnifique » ; « L'amour de l'Ardèche, l'amour des pierres du patrimoine. C'est nos racines. Merci » ; « Beaucoup de belles images, dans l'espoir de voir d'autres photos, merci pour cette expo » ; « Du passé à la passion, tu as franchi le pas avec brio ! Il n'y a pas photo ! Bravo ! » ; « Merci pour cette belle balade dans ce département que nous croyons connaître mais qui nous surprend toujours » ; « Merci de nous rappeler toutes les richesses du patrimoine ardéchois » ; « Surprenant ! Fallait y penser. Vous êtes certainement la première personne, au plan national, à avoir eu cette riche idée de répertorier toutes les églises d'un département, merci. »

« Très beau travail mais on reste sur sa faim. On attendrait plus de détail. Un livre ! Avec nos

encouragements » ; « Bravo à l'œil du photographe » ; « Je passais par hasard devant cette chapelle, la porte était ouverte, l'envie d'y rentrer. Je ne savais pas qu'une expo photos était en cours d'installation, merci à mon ange gardien. Je suis ébahi, conquis par l'amour avec lequel le travail de main de nos lointains ancêtres a été mis en valeur. Merci ».

« Merci et bravo pour cet émerveillement très exhaustif. A poursuivre » ; « Belle exposition, idée originale très intéressante » ; «Une persévérance qui débouche sur un résultat impressionnant » ; « Il y a des histoires qui naissent dans des églises...mais aussi des talents. Ces « maisons » de Dieu témoignent contre vents et marées, des foules qui y sont allées, pour prier, implorer. Est-ce pour leur redonner la parole que ces belles photos sont là aujourd'hui ? Merci pour ce travail et bon courage à la « passeuse » d'images, d'histoires » ; « Travail très utile et riche. Un grand merci à la personne qui l'a mis à notre disposition. Il mériterait une brochure qui nous permettrait d'aller sur place avec ces informations. Bravo ! »,

« C'est un travail courageux qui nous donne envie d'aller visiter. Vivement une feuille de

route » ; «Bon et beau travail, rappelle des souvenirs et enfance et jeunesse passés dans certaines de ces églises » ; « Très belle expo, il faut éditer ce travail » ; « Félicitations aux artisans de cette magnifique collection et un profond merci de l'avoir montré au public » ; « C'est tellement... Il n'y a pas de mots pour décrire la valeur d'un tel travail de recherche et de beauté ».

Alice est sur son petit nuage, fragile. La fée blanche la redresse quand elle chute, la console quand elle pleure, la rassure quand elle doute.

En ce début d'année deux-mille-douze, Alice, seule, va porter sa croix, se lever pour y croire, espérer pour vivre. Les fées veillent sur elle.

Une aventure commence toujours à deux. Automne, à l'orée de son anniversaire, une personne lui est destinée, pour réconfort lui apporter, dans l'expédition lancée : donner naissance au bébé, l'ouvrage tant attendu. Notez que l'année suivante, à quelques jours de son anniversaire, un autre grand événement va frapper à sa porte, celui que nul ne peut espérer tant c'est inimaginable.

Début de l’an deux-mille-treize, en une date symbolique qui n’est autre que le jour d’anniversaire de la maman d’Alice, le devis est signé chez l’imprimeur. S'ensuit un travail de longue haleine : caler une photo et un texte, relire, corriger, plusieurs jours nécessaires pour finaliser l’ébauche qui va devenir livre.

Et un beau matin, épuisée, Alice crie :

- *Stop ! Plus de retouches, plus de lecture, plus rien !*

De sa baguette, la fée blanche ouvre les portes du pays des merveilles. L’ouvrage part à l’impression sans emprunter le chemin d'un éditeur. Alice va se lancer dans le monde inconnu de l'autoédition.

Mai deux-mille-treize voit la naissance de l’ouvrage et la présentation du bébé au sein de la bibliothèque de Vogüé.

Les fées auraient-elles envoyées un nouveau signe ou serait-ce le hasard ?

Mai 2010 : la première exposition des églises.

Mai 2013 : la sortie du livre des églises.

Le mois de mai, avec son muguet porte-bonheur,
Le 13, chiffre fétiche pour Alice.

Lors de la prise en main de cet ouvrage, les années resurgissent et avec elles jaillissent de vives émotions. Dix années d'une vie sont véhiculées dans les pages de ce recueil. Une larme coule sur la joue d'Alice.

Il est l'heure de faire part de cette naissance à plusieurs personnes : le journaliste rencontré à la première exposition de Vals-les-Bains ainsi qu'au mystérieux personnage qui avait laissé ses coordonnées à l'exposition de Vesseaux. De ces rencontres impromptues voyage le temps, chargé de dates et événements, d'amitiés naissantes.

Livres sous le bras, Alice se lance dans la commercialisation de son ouvrage, véritable parcours du combattant. Nombreuses portes se ferment car son nom n'est pas connu, son livre est un parmi tant d'autres dans le département. Toutefois, le rappel des expositions fait petit à petit son chemin et interpelle.

Trois rencontres dédicace sont programmées en juin :

- A la bibliothèque de Ruoms, par une journée pluvieuse,
- Dans un centre commercial d'Aubenas avec pour proche voisin un acteur de cinéma venu dédicacer son dernier ouvrage,
- Et un retour, au cœur des remparts de Ruoms. Le soleil de plomb renvoie la chaleur des pierres sur l'architecture du livre.

En ce sixième mois de l'année, une nouvelle idée germe dans l'esprit d'Alice. Pourquoi ce livre ne s'envolerait il pas vers *Lutèce*, la capitale ? Un homme en sera destinataire. Parmi l'imposant courrier qu'il reçoit chaque semaine, est ce que cet ouvrage sortira du lot ? Est ce qu'il déposera l'index sur notre patrimoine ardéchois ?

L'antenne...l'an de l'espoir est un fougueux songe qui traverse l'esprit d'Alice. Toutefois, les pieds sur terre, elle oublie vite cet épisode. Le rêve fait bien souvent souffrir alors ne point l'envisager n'est que sagesse. Mais qui sait !

Par deux belles soirées de Juillet et Août, Alice accepte l'invitation de rejoindre une quinzaine d'auteurs pour les Nocturnes Littéraires sous la Halle du Château à Aubenas.

Dans la bonne humeur, elle installe table et chaise, dresse la nappe et présente l'Ardèche. Le visiteur flâne, effleure le livre des yeux, ose y poser les doigts, le feuillette. Il engage timidement la conversation ou se fait discret et s'éclipse alors tel un fantôme, se mouvant dans les pages de livres ouverts sur les étals voisins. Certains n'osent point avancer, de peur d'être assaillis. D'autres, plus curieux, veulent tout savoir sur le parcours de l'auteur. Aussi, pour ceux qui attendaient cet instant c'est à cœur joie qu'ils s'en donnent, formalisant ouvertement leur contentement, touchant ainsi Alice au plus profond de son être. Echanges et connaissances nourrissent ces moments en de riches expériences.

La dédicace est gravée, la signature à jamais sur le papier qui vient d'absorber une partie de la pensée de l'auteur.

Le département est vaste, Alice veut toucher divers horizons, approcher les Ardéchois. Par un samedi de juillet, la voilà partie dès l'aurore pour Le Cheylard. Un paysage de toute beauté défile devant ses yeux, la nature de ses couleurs est une offrande qu'elle accueille tel un cadeau de la vie.

Une femme, un sourire, un trouble, une intention, un désir : acheter l'ouvrage. Alice, stylo à la main lève les yeux vers la personne :

- *C'est pour qui* ?
- *C'est pour moi* !
- *Oups ! Votre prénom s'il vous plaît sinon je note « Pourmoi » sur la dédicace*.

Fin juillet, un rendez-vous est organisé dans les rues de Lagorce pour le festival du livre.

De tous côtés, abondance de lettres, de mots, de papier, de tables alignées, de gaieté à l'assemblée car l'heure est à la plume. Dans la ruelle, sur le mur voisin, une pierre en forme de cœur se dessine, cliché chapardé pour l'anecdote de la journée. Mais la pluie va arrêter le pèlerin. Les premières heures de l'après-midi amènent les bouquins à rejoindre leurs cartons, pour à l'abri se faire oublier.

Le premier dimanche de septembre, Alice s'engage de bonne heure sur les routes ardéchoises en direction du Gerbier de Jonc. En altitude, l'air est frais, la brume masque la ferme qui accueille chaque année de nombreux auteurs et éditeurs. Une première et belle rencontre, dans un lieu superbe où l'architecture est à la hauteur pour cette grande manifestation. Est-ce le pays des merveilles que d'être là, assise, parmi tous ces artistes ? Occupée à dédicacer, Alice ne pourra pas faire partie de la photo immortalisant ce vernissage en compagnie du groupe et des diverses personnalités. Ces collègues ne manquent pas de la narguer. La télévision régionale est là, à quelques pas, elle mitraille de tous côtés. Au journal télévisé du soir sont diffusées quelques secondes sur le salon du livre, et là, le téléspectateur averti pourra reconnaître la bague et ensuite ses soupçons se confirmeront car Alice apparaît en pleine signature.

C'est un collègue auteur qui lui fait part de la diffusion « Alice, tu n'es certes pas sur la photo mais tu es passée à la télévision ». Une première à l'écran, comme quoi le destin se joue à quelques secondes.

Toujours en septembre, le week-end du patrimoine amène Alice à exposer ses cadres photographiques et présenter son ouvrage dans le cloître de l'Abbaye de Mazan, par un petit huit degrés, en ce dimanche quatorze. La fée blanche l'invite à s'installer à l'abri, le petit rayon de soleil lui fait un clin d'œil. Le froid n'atteint point Alice car en ces lieux elle se délecte. Les murs lui content des histoires et avec elles elle voyage, au-delà des aléas météorologiques.

Rappelez-vous du livre parti à Paris. Mi-septembre, Alice reçoit un appel téléphonique d'un journaliste de Lyon. Son livre, sélectionné par un présentateur d'une chaîne télévisé, rentre dans le cadre de la semaine du Travail de Mémoire du Patrimoine.

Comment est-ce possible ? C'est tellement inattendu mais délectable. Un rendez-vous est pris pour le vingt septembre à neuf heures devant l'église de Vals-les-Bains. Le soleil éclabousse cette belle journée qui n'est autre que le jour d'anniversaire d'Alice. Troublant !!!

Micro installé, la voici partie dans l'aventure d'un tournage. Le naturel est le mot clé, elle doit oublier la caméra pour ne laisser parler que sa passion.

- *Avancez... Stop... Reculez... Stop... Revenez... Stop... Recommencez... Stop...*

Cinquante-cinq minutes de tournage pour trois minutes à l'écran. Les églises de Mercuer et de Larnas sont mises à l'honneur. Ne présenter seulement que trois édifices sur quelques trois cent soixante-dix relève d'une sélection très difficile. Mais ce choix a été dicté par la variété de leur différence architecturale. Ce vendredi est mémorable, Alice est au pays des merveilles. La fée blanche veille sur elle et lui souhaite un joyeux anniversaire.

Le lendemain, samedi vingt-et-un, Alice est attendue pour une dédicace à Saint-Privat, village de son enfance. La fée blanche ne la quitte pas des yeux, elle se rappelle les débuts difficiles, le chemin parcouru depuis la photo pour en arriver là.

Surprise ! Le papa vient partager ce moment de joie auprès de sa fille et lui souhaite un joyeux anniversaire.

Le mercredi vingt-cinq septembre deux mille treize, au journal du treize heures, le reportage est diffusé. Seulement quelques minutes mais la bague d'Alice a encore une fois été au centre de l'extrait. Notez cette date : Mercredi 25. Ce même jour, début d'après-midi, Alice est attendue pour un enregistrement sur les ondes d'une radio locale. C'est l'apothéose de cette journée !

La fée blanche saupoudre le chemin d'Alice afin qu'il la protège de l'angoisse face à ce soudain changement dans sa vie. Merci maman !

Octobre et la fête des châtaignes à Vinezac. Rencontre fortuite avec Monsieur Pape. Un nom qui ne laisse pas indifférente Alice, le premier Pape à son répertoire. La senteur des marrons grillés se répand généreusement et attise les papilles gourmandes des visiteurs venus nombreux en cette journée automnale. Toutes les routes mènent à Rome. Ce jour là, Alice réalise un vœu, celui de faire partager et offrir son travail photographique.

Un ouvrage s'envole pour le Vatican à l'attention de sa Sainteté le Pape François.

Octobre et Les Vans pour une séance dédicace qui va être marquée par une belle anecdote. Une femme prend l'ouvrage en main :

- *Votre livre est beau, énorme travail. Félicitations ! J'habite un village dans le Gard où il y a un magnifique château, je suis du XIIIème siècle ».*

A ces paroles Alice lui rétorque, gentiment, qu'elle est bien conservée pour son âge. Et la personne de lui répondre :

- *Non ! Que dis-je ! Le château est du XIIIème siècle. Mais c'est gentil de me dire que je ne fais pas mon âge* !

Un échange jovial s'ensuit, et, livre sous le bras, cette femme s'éloigne, avec le sourire. Quelques minutes plus tard, une jeune fille venant du bar jouxtant la librairie amène sur un plateau un café et le tend à Alice. La serveuse lui dit :

- *La personne qui l'a commandée pour vous m'a dit que vous sauriez qui vous l'offre juste en vous indiquant que c'est de la part de la dame du XIIIème siècle* !

Début novembre, un nouveau retour à Vesseaux trouble Alice. De l'eau a coulé sous les ponts depuis l'an deux-mille-onze, date de la dernière exposition. Pour voisin, un auteur offre un large éventail de ses écrits, couchés sur une nappe verte. Alice ose les présentations et est heureuse de mettre un visage sur ce nom connu. Elle partagera le déjeuner avec lui, sur une table dressée d'un papier journal en guise de nappe et s'en suivra alors le grand bal des paroles, des rires, des anecdotes avec les exposants amusés.

Fin novembre et voici Alice sur les routes du nord, pour **Tournon, tournons** en rond à Tournon. Tournons et le tournis s’empare d’Alice pour un appel dans le temps, des années auparavant, à l’heure où elle était encore enfant. Un couple remue ce passé, la femme est originaire du village qui a vu grandir Alice. Le hasard fait qu’ils se croisent dans cette librairie, en ce samedi. La fée blanche sourit alors qu'Alice est nostalgique.

Le septième jour du mois de décembre est une date marquée pour une double séance dédicace dans le nord du département, le matin à Davézieux et l’après-midi à Annonay. Deux personnes attendent impatiemment la venue d’Alice, depuis plusieurs jours. Amoureux du patrimoine, ce couple réveille **les sens** de **l’essence** investie dans cet ouvrage, révélant ainsi la satiété à avoir mené à terme un projet fou, un défi. Toutes ces marques de sympathie sont autant de baume au cœur, **les preuves** que **l’épreuve** en valait la peine.

Début décembre, le marché de Noël s’anime autour de l’église de Larnas, une des préférés d’Alice, celle qui trône sur la photo de couverture.

Le vent souffle dans ses oreilles, lui dictant de braver le froid avec courage. Sur le parvis part la vie de ces lieux en cet ouvrage qui se veut mémoire. Tout est gravé dans la pierre, à jamais !

En cette période de fêtes, l'aventure s'aventure vers Les Vans pour, en un samedi de marché, marcher sur les pavés, s'orienter au son de cloches, pousser la porte d'une librairie pour venir à lui, à ce recueil qui accueille toutes les églises. Alice glisse la plume sur le papier pour une signature personnalisée.

L'inespéré arrive le vingt et un décembre deux-mille-treize. Le pigeon voyageur apporte une lettre du Vatican. Les mains tremblantes, Alice a du mal à réaliser. Le courrier est lu et relu. Comment est-ce possible ? Entre ses mains, elle a la plus belle récompense jamais imaginée. Le livre siège désormais dans la bibliothèque papale. C'est la consécration !

A quelques jours de Noël, fête qui habituellement fait remonter en elle des souvenirs douloureux, en l'absence d'une mère, Alice s'échappe pour le pays des rêves.

Le journaliste connu lors de la première exposition, celui tout de blanc vêtu, va rouvrir le livre de l'épisode photographique, avec quelques lignes dans l'hebdomadaire quotidien. Rien n'est hasard !

Suite à cette parution, un autre reporter va contacter Alice, celui même qui avait officié au Gerbier de Jonc. Une rencontre interviendra, le vingt-cinq décembre au matin sur le parvis de la cathédrale de Viviers. Nouvelles prises de vues qui semblent plus abordables pour Alice, plus à l'aise pour ce tournage. Alice est au pays des merveilles toute l'année, la voici en ce vingt-cinq décembre dans un conte de Noël, interviewée le matin et diffusée le soir sur une antenne régionale.

Jamais deux sans trois ! La bague est encore présente à l'écran, une troisième fois, en cette soirée de noël.

Une nouvelle anecdote à prendre en considération : les passages d'Alice sur le petit écran ont eu lieu sur deux mercredis 25. En cette année deux mille treize, au calendrier, il n'y a seulement que deux mercredis 25. Coïncidence ?

La fée blanche continue d'étonner Alice. Quelques jours plus tard, Alice reçoit un courrier. Sur l'enveloppe un timbre représente un signe astrologique, qui n'est autre que le sien. Dans le pli, une lettre pour une demande de livre dédicacée à l'attention d'Alexandrine. Le trouble s'installe et la fait pâlir. Alexandrine est le prénom de sa maman, défunte.

Le hasard frappe encore à la porte ! Alice est alertée par une annonce d'achat de disques 45 et 33 tours. Elle appelle au domicile de cet acheteur potentiel. Elle ne sait pas encore le choc qu'elle va provoquer à son interlocuteur.

Imaginez une minute l'émotion de cet homme quand il a voulu décrocher. En s'emparant du combiné, il jette machinalement un coup d'œil sur le numéro et lit des chiffres familiers, non effacés de son répertoire. Ce numéro était attribué à sa maman qui malheureusement venait de décéder. Le hasard a voulu que ce numéro téléphonique soit redonné à Alice lors de son nouvel emménagement.

Qui peut être à l'autre bout du fil ? Et lorsqu'il entend la voix d'une femme, il est stupéfait, totalement désorienté face à cet appel. Dix chiffres qui continuent à survivre. Alice lui vend ses disques. Un contact sympathique s'instaure par ce lien mystérieux.

Envol pour le Diocèse de Viviers en ce mercredi quatre mars deux-mille-quatorze, jour **des cendres** ; **descendre** de son nuage, Alice en est loin ! Décidément le mercredi est un jour privilégié pour elle, ultime rencontre avec Monseigneur, l'évêque. Une belle rencontre, quelques lignes de la main de cet homme glissent sur les pages du livre d'or, dans une atmosphère ancestrale en ces lieux. Jamais Alice n'a imaginé un jour pousser les portes d'une telle demeure, encore moins s'attarder en ces murs et poser ses pas sur le gravier blanc des allées du jardin. Des pas qui la transportent jusque dans les couloirs du temps, pour le séminaire, sa magnifique bibliothèque où Alice va partir au pays des merveilles, d'un livre à l'autre, pour des siècles et des siècles d'histoire. La fée Blanche saupoudre délicatement et généreusement cet instant d'étoiles d'argent, pour brillance donner aux yeux d'Alice. De cet après-midi découle une nuitée scintillante, clairsemée de rêves, pour un jour sans fin.

La promesse faîte à la maman, en l'an deux mille dix de donner naissance à un ouvrage a provoqué une avalanche d'événements tous aussi bizarres les uns que les autres : des personnes rencontrées, des expériences vécues. La fée blanche était-elle accompagnée par l'âme de cette maman disparue ?

Si ce jour, l'heure sonne et emporte avec elle le battement de cœur d'Alice, celle-ci ne décomptera jamais l'horloge du temps qui avance car des pages ont figé tous ces nombreux édifices ardéchois. Une mémoire de ce patrimoine qui vivra longtemps à travers ses photographies. Cette pensée donne des ailes à Alice et lui fait croire au paradis... sur terre !

Nul ne saura jamais comment s'est terminée l'histoire au pays des merveilles. L'on peut juste imaginer Alice dans son monde, celui qui la fait voyager, celui qui lui procure son éternelle imagination, ce monde où nul n'est oublié, où le passage de chacun est une trace indélébile gravée dans la pierre, sur du papier. A l'orée du printemps, une fée, blanche, s'envole aux côtés d'Alice, dans le livre du destin.

MÉMOIRE

Tu nous berces dans le remous de tes années,

Tantôt enjôleuse tantôt spontanée,

Tu nous masques de tes traits,

Comme une brise sur notre passé.

Tu agis singulièrement sur toute individualité,

Tantôt vivifiante tantôt résignée,

Tu nous enveloppes de ton ubiquité,

Nous laissant hagard de toute moralité.

Poème Alice Lacour – An 2000

Il était une fois...

A partir de faits imaginaires

D'un livre à l'autre

J'aime le livre, son apparence, son papier, sa texture, sa présence, son caractère, sa vie. Il transporte avec lui des empreintes, des pensées, des frissons, des odeurs, de l'amour et des pleurs. Il véhicule l'imagination, c'est le taxi de nos envies.
Sur un chevet, une chaise ou un tabouret, il y siège.

Sur une étagère il se fait pépère.

Flanqué sur un lit il dort à demi.

Sous l'oreiller, il se fait confident

Dans une bibliothèque il devient poète ou rocambolesque.

Il se nourrit de nos attentes, nos espérances, notre insouciance et transporte avec lui des âmes de tout âge.

La genèse du livre est portée par un auteur amoureux des mots. Son inspiration est idem une expiration, elle libère le trop plein sur papier, à la volée. L'alphabet se perd, se mêle entre consonnes et voyelles.

Les phrases se forment, les paragraphes se suivent, les pages se tournent. L'ouvrage se fait messager d'une histoire, d'une photo, d'une vie. Il recueille le fruit de moult sujets, il est tremplin de divers horizons. Comme personne, il a le pouvoir de filtrer le lecteur idem un détecteur de mensonges. Il envoûte et possède quiconque perdra ses yeux en lui. C'est un itinérant du voyage qui invite à l'aventure, à la connaissance. C'est notre meilleur ami, on l'a choisi.

Le premier pôle attrayant ressort du visuel, qu'importe son volume. La couverture se doit de saisir l'attention, le titre d'être révélateur du contenu, l'index y est pointé dessus pour l'acquérir. Il est souvent mis à l'index s'il n'est point porteur de bonne aventure. Ce premier clin d'œil amène à la quatrième de couverture là où réside le résumé pour une première mise en bouche.

Quelques lignes suffisent pour l'invitation au voyage. Si suggestion il y a, l'on ose alors se hasarder à ouvrir l'ouvrage pour tenter l'approche, le flirt. Une photo, une phrase peuvent avoir le pouvoir de séduire, de dicter le pas à franchir pour la possession.

Lorsque l'envie de le lire devient irrésistible c'est signe que la fusion opère entre l'écrit et l'âme du lecteur. Une belle histoire s'annonce alors !

L'ouvrage en main déclenche la délectation, il est source de plaisir. Un sourire peut s'échapper machinalement, entraîné par la satisfaction.

Nul besoin d'une encyclopédie gigantesque, seul, un livre peut avoir le pouvoir d'apporter réconfort et ivresse dès lors où le désir de le posséder est ressenti. Il fait partie du quotidien et prend place dans nos meubles.

Le livre est porteur de personnalité, il est le reflet de l'individu qui le lit. Dis-moi ce que tu lis je te dirai qui tu es !

Le message de l'auteur : je livre, ivre, des livres. Je me livre. **Des livres et moi**, **délivrez-moi** de l'amour que je ne saurai porter à la lettre si de mes écrits je ne peux lui rendre hommage.

Une étagère, deux, trois, quatre, cinq et six. Un pan de mur, deux, trois. Un livre, deux, trois... des centaines. Où suis-je ? Dans une bibliothèque, pour un voyage, d'un livre à l'autre, d'une page à l'autre, d'une bribe à l'autre.

NOS COULEURS

Tu flottes dans le vent chaud,

Nous faisant rappeler terribles maux.

Tu te distingues sur les façades crépies,

Au-dessus des portes de mairies.

De trois couleurs tu as été désigné,

Le souvenir de tant de batailles passées.

Tu es notre flambeau,

Tu bats de l'aile au rythme des oiseaux.

Tu as les couleurs de notre pays,

Toi le drapeau de toutes décennies.

Adieu les rebellions,

Tu nous fais sombrer dans l'émotion.

Ton étoffe sur une hampe se hisse,

Nos destinées par anneaux s'unissent.

Tu fraternises de par ton baptême,

Oh toi drapeau suprême.

Bleu blanc rouge notre patrie,

Vive la République.

Poème Alice Lacour – An 2000

AU BOUT DU TUNNEL

Angela, mon ange est là.

Roméo, mon rêve est à l'eau.

Photos Alice Lacour - An 2013

Il était une fois le voyage sans retour de Roméo

C'est sur un air enjoué que s'est jouée une brève comédie sentimentale. L'envie de la vie, eau de vie distillée au compte-gouttes des mois passés. L'amour frappe à ma porte comme une téquila frappée. Ivresse des sens, sens dessus dessous, l'aphrodisiaque spiritueux des sentiments.

Mais l'Aphrodite en cet être de lumière m'échappe, échappée belle sur les chemins, laissant aux lendemains des parchemins meurtris. Cette femme n'est que de passage, tel un mirage, échue sur une plage de sable chaud sur lequel l'**orage** enrage et dégage toute sa rage. Grain de beauté sur la lèvre supérieure accentué par un sourire ravageur émeut le voyageur que je suis. Il était un petit navire, il était temps de prendre le large. **O rage** !

Ma pensée est démesurée, l'espoir de te posséder fait de moi un voyageur clandestin, dans les entrailles de wagons qui de l'un à l'autre se donnent la main.

J'aimerais tenir la tienne, pour un éternel voyage dans le train-train de notre vie.

Une rigole est creusée au bord de la voie, sur la ligne qui ne sera jamais notre ligne de vie. Tu rigoles, ta voix voyage en moi, je te vois. Ta liberté creuse un fossé entre nous, toutefois pas assez profond en sentiments pour que tu y déposes tes bagages à mes côtés.

Nous avons le même billet, le mien dans la poche, le tien dans la main. J'imagine un aller-retour, un autre départ dans ma vie. Or, je m'installe seul dans cette aventure où l'aller sera de courte durée. L'allée qui mène au bar, là où je t'ai rencontrée, là où je me suis permis de rêver au grand amour. Et j'entends siffler le train, les barrières sont tombées, je suis totalement confiant en cet outil de déplacement qui n'est autre que mon cœur, celui qui te véhicule, en vain.

L'histoire commence un neuf août, jour de la Saint-Amour. Prédilection ? A moins que Claire ne m'éclaire pour la Sainte-Claire, le onze août. Claire est ma sœur cadette, de treize mois. L'âge est le cadet de mes soucis, nous évoluons comme des jumeaux, c'est clair comme le jour !

Ce samedi neuf va rester gravé, comme un tatouage, indélébile. Mais toutefois je n'y verrai jamais clair en moi.

Un voyage comme un autre, un samedi comme un autre, une journée comme une autre, sauf que !

Joyeux, j'attends mon train, sur le quai de Vogüé. Un coup de sifflet retentit, le chef de gare agite le bras pour signifier l'arrivée imminente du convoi. Rien ne sert de courir, il suffit de partir à temps ! Nul besoin d'aller bon train mais juste prendre le train en marche, sauter la marche, s'affaler sur la banquette feutrée et se caler avec un livre, là est mon train-train.

J'emprunte régulièrement cette ligne pour rejoindre Claire. Mon train de vie me permet d'agir ainsi, j'ai une bonne situation et ne suis point mécontent de mon cheminement professionnel. Au train où vont les choses, je pense atteindre prochainement le statut que je me suis fixé quelques années auparavant. Toujours à fond de train, toute la semaine, ce repos dominical est une lumière au fond du tunnel.

«*Gare à toi* ! » ne cesse de me sermonner Claire, m'implorant de prendre le temps de vivre. Certes, les années passent et je n'ai pas de vie sentimentale, toujours en train de calculer midi à quatorze heures, mon travail étant ma priorité. La quarantaine ne me pèse point, nullement envie de me magner le train pour me caser, comme les collègues. J'ai eu des aventures, sans lendemain, je ne suis pas de ceux qui conçoivent la vie à deux pour rentrer dans **les normes** du diktat familial, **l'énorme** responsabilité d'un engagement pour la vie. Je déraille alors sur ce parcours, aux yeux de mes proches qui souhaitent que je fonde une famille. Toutefois je ne raille pas et pense qu'il vaut mieux être seul que mal accompagné.

J'aime lire, m'évader dans les mots, sentir les phrases m'atteindre, jouer avec le français, cette langue aux mille reflets dans le dictionnaire des synonymes. Je me délecte de romans policiers, attisé par le suspens. Tenu en haleine, je me plonge littéralement dans les pages et me transporte dans l'histoire parsemée de **toiles d'araignées**. L'**étoile d'art est née** en cet auteur qui a le pouvoir de capter toutes mes émotions.

Je suis sa chose, son lecteur assidu. Je l'imagine **romantique**, dans la **Rome antique**. Elle cache son jeu dans ses ouvrages et relève le défi avec des personnages qu'elle veut mystérieux, amoureux, à son image assurément. Cette femme est ma Reine littéraire, sa fête : le sept septembre. Je suis un grand sentimental. Je me noie dans la lecture, car c'est pour moi la seule façon de la rejoindre et d'oublier l'heure.

Je n'ai pas la prétention de me considérer comme bon littéraire, le mérite n'en revient qu'à cet auteur qui a su, par son habileté, me faire aimer **les mots**. **Les maux** rencontrés sur les bancs de l'école se sont volatilisés grâce à l'amour **démo**...niaque des lettres, ses romans idem des lettres qu'elle m'adresse.

Dans la tournure de ses textes, je respire ce brin de **féminité**, **fée... mine y était**, ma mine aux trésors. Je l'idéalise et la convoitise en secret, en toute **innocence**, **hymne aux sens** dépourvu de sens, mon hymne à la joie. **Angela**, mon **ange est là** ! Angela, l'**auteur** à la **hauteur** de mes attentes. C'est là certainement une issue de secours que je me crée volontairement, pour ne point souffrir. En amour, je suis maladroit.

Bienvenue se fête le trente octobre, je me le souhaite tous les jours dans le club des célibataires.

La visite du contrôleur dans le compartiment de mon espace vital me déstabilise, son ombre au sol me donne le nombre de gares passées, le temps écoulé. Il sort de je ne sais où ! L'on dirait un fantôme, il se déplace sans bruit. Sa bouche est figée, aucun mot ne s'en échappe, seuls ses yeux soumettent la manœuvre à suivre : lui tendre le billet. L'homme dans ses mouvements est **lent**, dans son apparence **terne**, **lanterne** à la main. Grisonnant, lorgnon en équilibre, ce personnage est gris, sa grise mine le trahi. Ma matière grise analyse un homme qui s'aigrit de jour en jour au fil du temps. Envie de lui donner un gri-gri : Souris à la vie et ôte ton gris souris ! Dehors le temps est gris. **Dix mois** que j'ai à faire à ce contrôleur mystérieux, quelle affaire **dis-moi** !

Je...**tu**...il...mais je ne te **tue** pas toi ! Toi, le rêveur qui est en moi. J'ai le laissez-passer pour aller vaquer du côté, du côté de... nos gens. De ce pas, je vais me mêler à ces individus, **les gens de là-bas**, **légende** de la tragédie dans un train, à proximité du bar.

Je scrute ces voyageurs, promenant mon regard de part et d'autre.

Qui sont-ils ?

Là, à ma droite, est-ce **Jean**, **Elise** ? **Gens élisent** domicile dans le recoin du bar, plongé en semi-obscurité.

De suite sur ma gauche, un couple avec des bijoux dans leurs mains. Est-ce **Laure et Paul**, **l'or est pôle** d'attraction de leur conversation.

Et là, juste après, deux êtres immobiles. Est-ce **Anne** et **Pierre** ? Figés comme la sculpture d'un **âne** en **pierre**.

Non loin, un couple d'amoureux. Est-ce Jean-Philippe dit **Jean-Phil** et **Claire** ? **Jean file** le grand amour c'est **clair** comme le jour.

A proximité du bar, assis et sirotant une limonade fraîche, est-ce **Jean**, **Modeste** ? **Gens modestes** au parlé jovial qui m'effleure.

Et là, assis sur les tabourets, face à face, est-ce **Michel**, **Line** ? **Micheline** embarquée pour ces voyageurs **éperdus**, **et perdus** dans le sens de leur vie.

J'en passe et les **gens passen**t, Jean de-ci Jean de-là, gentilshommes ici-bas.

Et soudain dans mon champ de vision... Qui es-tu ?

Est-ce Ella ? Non ! Loin de là ! Tu es là, les coudes posés sur la tablette polie du bar, assise sur un haut tabouret. Tu m'arroses de ton parfum de rose, il se répand jusqu'à moi et m'enivre.

Se dévoile à mes yeux un dos superbe accentué par une belle chute de reins. Imaginer mes mains sur cette partie de ton corps fait monter en moi l'adrénaline, la **dopamine**. **Dos pas mine** de rien puisqu'en lui le spasme me procure, cure de jouvence en abondance, dansent mes idées sur ce corps parfait.

Une longue robe au ton parme, cintrée par des coutures brodées met en valeur la taille de guêpe que tu as. Un **corsage en soie** à manches courtes sur ce **corps sage en soi**, taffetas cela va de soi, t'enveloppe avec légèreté.

Ta chevelure brune, coupée au carré fait entrevoir le début de ta nuque, si frêle. **Déesse** en cet être, **des S** en ses formes.

Verbe être au présent à la première personne du singulier : je suis **avide** de cette image, passage **à vide**. C'est certainement la chaleur ambiante régnant dans cet habitacle qui génère en moi cet état de choc. Ma pensée dégénère pour se perdre dans les limbes. Que m'arrive-t-il ? Le train passe et je trépasse lentement.

Branle-bas en vain, vaincu je le suis. Des avances, je voudrais t'en faire mais je ne sais comment les exprimer tant l'aisance dans l'élocution me fait **défaut**. **Des faux** me coupent l'herbe sous les pieds **à** chaque **tentative**, **attente hâtive** qui échoue, trop pressé de vouloir jouir et croire en l'amour.

Dans le passé, je **pensais** que l'on pouvait **panser** les blessures en laissant passer le temps. Une blessure cicatrise mais laisse à fleur de peau une marque idem un marque page dans le livre de la vie. **Pardonner** est une **part donnée** pour accéder à nouveau à la lecture d'une autre romance. La douleur s'estompe au fil des pages, d'où leurs sauts de page, **doux leurs mots**, **d'où leurs maux** volatilisés.

Prudence se souhaite le six mai et j'en suis adepte. Que de prétention si je souhaitais le saint du dix-huit avril : Parfait.

Sans aucune comparaison, je suis partisan au saint du vingt-quatre avril : Fidèle.

Une odeur fruitée me vient aux narines. Un tintement de cuillère contre une tasse me vient aux oreilles. Le thé coule pour toi. **Demoiselle** je présume, **demois'ailes** comme un papillon qui vole et jouit de sa liberté. Mes pas m'amènent vers celle qui, au ventre me donne **des contractions**, **décontraction** corps et âme je me dois, camoufler le **décibel** en moi...**t'es si belle** !

Plus je me rapproche, plus l'atmosphère s'électrise. Je dois calmer la tension de mon corps avant de t'aborder. Une place vacante, un tabouret, ma place est là à tes côtés. Maladroitement je t'interpelle.

- *Bonjour Mademoiselle, puis-je disposer de ce tabouret ?*

En te retournant, ta chevelure virevolte et balaye l'espace en l'imprégnant de ce bouquet de roses fraîches, parfum envoûtant. Ton visage atteint mon regard, tes yeux papillonnent, je me perds en toi comme un marin dans une **tempête**. **Temps pète** en moi comme un compte à rebours, l'horloge de ma vie.

Ce grain de beauté sur ta lèvre supérieure attire mon regard et me voici à cet instant naufragé en tes filets. Défilé des minutes précédentes, à l'heure où je me suis noyé dans ta silhouette une fois la porte du bar franchie. Affranchi me croyais-je, de toute émotion, mais nul n'est prophète en ses croyances. J'aurai aimé entendre de ta bouche : « *Ayez l'obligeance de prendre place dans ma* ***diligence***, ***diligence*** *à vous de m'assurer un voyage sans* ***fin***, ***faim*** *de loup j'ai, à croquer la vie, à vos côtés* ». Durant un bref instant cette petite voix traverse mon esprit, épris de toi je le suis. Est-ce le prix à payer que d'être hanté par un esprit ? Parviendrais je à assouvir mes fantasmes les plus secrets, avec l'être que j'adule, des années **durant**, **du rang** des amoureux, amour heureux à volonté ? Convoi **d'anges heureux**, **dangereux** face à des fantasmes.

- Je *vous en prie, monsieur, le siège est inoccupé.*

Je prends place à côté de ma voyageuse, dans le sens de la marche, les yeux rivés devant, face à l'**avenir**, à l'amour **à venir**. Il ne faut pas qu'elle prenne conscience de mon trouble.

Mon fantasme se réalise : une rencontre amoureuse comme j'en ai toujours rêvé, le pur hasard de la destinée. Il est bon de jouir de cette sensation maintes fois rêvée, celle de se laisser posséder par le fourmillement, la chute libre et l'envie d'aimer, de partager, de donner, d'offrir.

Toutes ces émotions, je les ressens lorsque j'ouvre un de tes livres, Angela, ma porteuse de bonne aventure. Toi qui excite ma curiosité, attise mon désir de lire, de t'atteindre dans ces pages, te toucher, te frôler, te sentir. J'ai envie à cet instant de cette magie. Cette femme prend ta place. J'ai besoin de te véhiculer dans un être de chair et non d'encre dans **ma chair**, **ma chère** et tendre. Je te vois en elle. Je vais t'aborder. Nous avons passé tant d'heures ensemble, tu n'es pas étrangère à mes yeux. Tu fais battre mon cœur, de bon **cœur** je chante en **chœur** pour toi tout l'amour que je te porte, toutes les nuits où je me retrouve seul avec toi, où dans le creux de mes mains tu t'allonges. Le souffle court je me nourris d'un plaisir effréné. Je t'ai dans la peau, dépôt d'amour dans des pots-pourris. Je te mets en valeur sur l'étagère de mes mets préférés, gourmand de toi. Nous allons enfin pouvoir échanger, un face à face sans le **papyrus**, **pas pire ruse** !

Je me cale sur le tabouret et commande un thé, pour me coller à l'identique de ma voisine.

- *Je suis désolé, je me permets de commander comme vous. Vous m'y avez quelque peu influencé par la senteur agréable qui s'en exalte.*
- *Ne soyez point gêné par ce choix si tel est votre désir. Les goûts et les couleurs ! Je suis persuadée que vous allez apprécier ce breuvage.*

Dans tes yeux, je ne peux me perdre que peu de temps. Tu me quittes pour plonger ton regard dans l'eau frémissante qui stagne dans cette tasse de porcelaine. D'un tour de main tu touilles de ta petite cuillère le liquide. Un nuage de senteurs se dépose sur mes narines.

Aucun bijou ne te distingue, tu es nue de parade. **Et les gants** en dentelle posés à tes côtés, **élégant** accessoire qui d'un tour de main te pare. Ton petit décolleté dévoile à mon regard la chaude couleur de ton grain de peau. Cet aperçu suggestionne ma pensée et l'envie d'en voir plus. Tu fais partie du **décor**, **des corps** entrelacés traversent mon esprit. Je deviens alors un **mâle fou**, un **mal fou** à résister à la tentation de t'approcher. Moi, qui d'ordinaire suis un être **affable**, **fable** loin de là s'en faut en un **corbeau** prêt à courtiser pour un **corps...beau**. Toutefois le voyage va toucher à sa fin dans moins d'une heure, Roméo doit tenter le tout pour le tout, engager la conversation pour retenir l'attention de sa dulcinée.

- *J'ai pour habitude de prendre ce train toutes les fins de semaine et ne vous ai, à aucun moment aperçu auparavant*.

- *C'est une première effectivement ! Et une dernière* !

- *Si je puis me permettre, sous quel prénom vous cachez vous* ?

- *Rose. Et je ne me cache poin*t !

Ce prénom 'ROSE'. Est-ce un hasard ou le signe que cette femme est faîte pour moi. Car ce parfum de rose qui a assailli mes narines depuis mon entrée dans le wagon, je ne le sens plus depuis que je suis auprès d'elle. La fête de Rose est dans quelques jours, le vingt-trois août.

- *Je suis désolé pour cette indiscrétion mal placée*, toutes mes excuses.

- *Vous aimez la désolation à toujours vous excuser ! Ne vous affligez pas pour si peu. Je m'appelle Rose car maman aime le rose.*

- *Vous m'en direz tant* !

Tes yeux se perdent dans les miens, ta bouche s'entrouvre, ton éclaboussant sourire me fascine, ton rire détonnant me transporte.

- *Plutôt que Rose, j'aurais dû vous dire que je me prénomme Blanche car maman aime le blanc ! Vous m'imaginez Blanche neige* ?

Cette femme aurait-elle beaucoup d'humour ? Je rêve de le découvrir.

Et voilà ma Belle qui s'esclaffe à nouveau, loin d'être au bois dormant, réveil qui m'éveille et m'émerveille. Quelques minutes auparavant, tu étais effacée, dans ton pays des merveilles, là, tu débordes soudainement de vitalité. Rire et pleurer, est-ce possible ? Oui, j'en ai la preuve en te regardant. Des larmes s'écoulent et glissent sur tes pommettes, tu essuies de tes doigts fins ces perles transparentes. Ange et démon seraient en toi ? Tu es mystérieuse. Tu sais me captiver, me communiquer ton euphorie, tu es douée.

Miel elle a en elle, **miellat** et nectar de sa bouche envie de lui voler. De ses ailes (sa liberté) elle tempère mon addiction gourmande. Du miel dans mon thé j'en veux aussi, pour partager avec elle le plaisir sucré qui me colle à la peau. J'aime les **gourmandises**, les **gourmands disent** que c'est bon ! Le compartiment de ce wagon est notre ruche. Une cigale chante pour le bon rêveur qui est en moi. Moi l'ouvrier du moment, toi la Reine de cet instant.

Je t'ai trouvé dans la lecture Angela, te voici là, à mes côtés Rose. Tu es ma femme, l'unique, celle pour qui je m'enflamme, ma flamme qui brille et m'émoustille.

- *Je ne vous reverrai donc plus ? C'est un premier et dernier voyage ?*

A ces mots, Rose détourne la tête. Je la sens lointaine. Ma question l'aurait-elle offensée ? Je ne comprendrai donc jamais la femme, visible et tellement imprévisible.

En quelques secondes, je passe de ***l'amor*** à **la mort**. Les dates du vingt février et treize septembre m'échappent : saint-Aimée, saint-Aimé, l'hagiographie ne me touche plus.

Je reviens à la réalité en entendant une porte claquer. En me retournant, mon regard se pose sur l'entrée. Une mère et son fils viennent de franchir l'habitacle, le petit est impatient d'arriver au bar. Il anime à lui seul tout le compartiment. Petit gars de sept ou huit ans ce me semble, vêtu d'un tailleur marine, col de chemise bien serré comme il se doit. Il est plein de vie et attire toute mon attention.

Toi, petit être, tu fais voyager mes pensées au plaisir de connaître un jour la paternité, de la partager avec la femme de ma vie.

Moi qui revendique habituellement ma liberté me voici à vouloir fonder une famille, en te regardant. Ce petit bonhomme me chamboule. Je suis des yeux tous ses faits et gestes et m'imagine être celui qui le porte sur ses épaules, lui apprend à faire du vélo, à jouer aux cartes, bref celui qui l'accompagne sur le chemin de la vie.

Il gigote et me jette des sourires que je saisis au vol, comme des paroles en l'air. Il est attendrissant. Il a soif et boit bruyamment. Le verre de limonade engloutit, femme et enfant se retirent, répétant le même scénario que celui de leur arrivée, sur les chapeaux de roues.

Me voici donc au point de départ, à regarder s'éloigner l'enfant qui a su par sa présence me captiver. Toutefois, ces quelques minutes d'inattention m'ont fait perdre le contrôle de tout ou partie de ma vie. Rose n'est plus là ! Je fulmine de m'être focalisé sur ce petit être et de t'avoir délaissé un instant. **Saccage** de mon histoire, **sa cage** elle a rejoint.

« *Gare à toi* » est la petite voix que j'entends. Mais, là, à côté de ma tasse, un papier plié attire mon attention. Je déplie celui-ci et découvre une belle écriture dentelée qui m'invite à la lecture : «*Terminus, je prends le train suivant. Bon voyage à vous. Rose Blanche*».

Un train peut en cacher un autre mais je referme ici le livre de ma vie. Je garde ton petit bout de papier qui me servira de marque-page dans l'ouvrage qu'il me faut terminer. Je quitte mon tabouret, je vais rejoindre ma place dans le compartiment voyageur, rouvrir le livre à la page quatre-vingt-dix-huit (98), griffonner la date du jour dans la marge : neuf août en chiffre : 9/8.

Merci Angela de m'avoir fait rêver à Rose, tu as illuminé ma journée, à tes côtés. Je te rejoins, attends-moi. Je vais te prendre dans le creux de mes mains, te toucher, te sentir, te lire et t'aimer, toi ma Reine. Gendelettre, **de l'être** qui est en moi, **deux lettres** pour des initiales au bas de lettres non écrites par ma femme **de lettres**. A toi je me livre, livre achevé.

Le voyage touche à sa fin. Le tunnel est là, les années défilent à mes yeux. Je suis triste, je pleure. Et j'entends siffler le train. Stop ! Otez de mes pensées cet épisode, je ne veux pas rentrer dans ce tunnel, je n'aime pas le noir qui assombrit ma vie. Je n'aime pas les tunnels, je vais tout perdre dans ce tunnel, je vais vous perdre Angela et Rose. Stop ! Et j'entends siffler le train. Stop !!! Stop !!!...

- Chérie, chérie ! Que se passe-t-il ?

Je suis en sueur, les larmes coulent sur mes joues. Où suis-je ? Ma chambre, mon Dieu ! Il est là, il me regarde, inquiet. Mon mari est là !

- *Chérie, tu as bougé toute la nuit. Le réveil a sonné deux fois, il ne t'a pas sorti de ton rêve. Je ne sais où tu étais mais certainement pas dans les bras de Morphée* !

- *Non, amour ! Pas dans les bras de Morphée mais dans ceux de Rose et Angela. Mon amour* ! J'ai fait un rêve fou ! Prends deux minutes à mes côtés, je te raconte.

- Chérie, *reprends-toi, tu es haletante. Tu ne prends pas le train, remets-toi doucement de ton voyage. Je vais te préparer du thé dans la théière que tu aimes.*

- *Amour. La* ***théière, c'était hier*** *dans mes rêves !*

- *Ma chérie, reposes-toi ! Je reviens*.

Une odeur fruitée me vient aux narines, la même que celle sentie dans le train. L'identique tintement de cuillère contre tasse. J'entends les passants s'agiter sur le trottoir en dessous la fenêtre de notre chambre, idem les voyageurs qui attendent le départ imminent du train. Le klaxon d'un véhicule me fait penser au sifflement du chef de gare. Ce rêve est en moi et m'émeut au plus tréfonds de mon être.

- *Amour. C'est l'histoire d'un homme qui rencontre le grand amour et qui le perd en l'espace de quelques heures. Cet homme s'appelle Roméo, c'est moi ! Ma fête est le vingt-cinq février. C'est un neuf août, jour de la saint-Amour. Je perds la trace de mon auteur préférée : Angela, celle aussi du personnage joué en second rôle : Rose. Et je m'égare à mon tour, moi, l'acteur principal. Mon cœur est meurtri. Sur une plaque est écrit : Roméo. Dans le jardin des souvenirs, je suis parti pour le voyage sans retour.*

Photo Alice Lacour – An 2013

AMOUR

Gaieté,

Liberté,

Sont tes idées.

Passion,

Dévotion,

Sont mes raisons.

Chaleur,

Ardeur,

Sont nos saveurs.

Poème Alice Lacour – An 2000

METAMORPHOSE

La transformation d'un végétal

en une tentation nommée : Eve.

Photo Alice Lacour - An 2014

Il était une fois un rêve noyé

Ô ciel ! Ca tourne et ça vire ! Pluies diluviennes **viennent** de **Vienne** pour une valse orageuse. Cumulus, vent, le ciel chargé jette son dévolu sur cette terre sèche, la frappe de son eau limpide. Elle accuse les coups et s'en abreuve à volonté, le liquide la pénètre. Elle qui de jour en jour s'effritait doucement, tiraillée par la sécheresse durant, la voici molle à présent, soumise aux caprices des Dieux, à ciel ouvert. Le feu du ciel succombe à la tentation du touché, tel un coup de foudre il s'en donne à cœur joie pour atteindre sa proie. Nul besoin de remuer ciel et terre, la nature est maîtresse des lieux, elle seule donne ses conditions. Tombée du ciel, sous d'autres cieux elle veille aussi, depuis la nuit des temps.

Une goutte, deux gouttes, des gouttes et la naissance d'une flaque. Elle se loge dans le creux d'une terre détrempée. Reflète en elle un saule pleureur, sol qui a reçu les pleurs de ses feuilles mouillées en des larmes d'eaux cristallines. Une feuille s'échappe, virevolte, tournoie, danse et se pose délicatement sur cette petite nappe de liquide stagnant.

Elle flirte avec la surface transparente, s'allonge tel un ange sur un nuage. Elle s'exhibe sous l'arbre qui de ses branches la cherche et la caresse. Ici-bas **l'au-delà**, **l'eau de là**-bas qui lui ôte son pigment comme on ôte **des bas de soie**, **débat de soi** peine perdue.

Cette feuille va vivre un rêve qui va se transformer en cauchemar.

L'arbre est là. Il la regarde et lui dit :

- *Eve lève-toi ! Je suis un passant moi ! L'envie **passe en moi, pas sans moi, pas cent mois** ne s'écouleront pour que tu prennes vie. Un vœu, je le veux ! Que naisse en toi une femme ! Je suis celui qui t'a donné vie, t'a véhiculé et guidé. Tu as mon groupe **sanguin, sans gain** autre que celui de l'appartenance. Je puise dans **l'aven, la veine,** d'eau riche en ce sol pour alimenter mes veines.*

L'orage est passé, la nuit est tombée. La feuille **bouge**, **boue je** t'esquive se dit-elle ! Sous des craquèlements, la feuille se mue lentement, le lobe devient corps, le pétiole jambes. L'anatomie **s'exprime**, **sexe prime** au féminin. La voilà sortie du végétal pour devenir humaine.

Dans le ciel, il n'y a plus l'ombre d'un **nuage, nue âge** automnal, elle a revêtu. S'agrippant aux herbes, la jeune fille frissonnante et **gelée**, s'extirpe de la flaque. « ***Je l'ai*** *!* » est la pensée de l'arbre, celui qui n'est autre que son garde du corps. Une brise légère lèche sa peau, la sèche intégralement, provoquant en elle un fourmillement **délicieux**, **délices** aux **cieux**. Des pétales de roses naissent sur le pourtour de ses seins, son entrecuisse, voilant sa pudeur. Est-elle fleur **du mal** ? **Du mâle** qui à trop la rêver lui a donné vie.

Avec grâce, elle étire ses jambes infinies. La mousse, tel un tapis de taffetas, accueille ses pas, son **empreinte emprunte** le sentier qui la mène à l'arbre.

Elle **est perdue**. Lui, **éperdu** il la désirait. Des années durant, il a espéré vivre cet instant. L'orage pour la décrocher, le vent pour la faire virevolter, la pluie pour la toucher. Auparavant, la nature a frappé maintes fois sans jamais se manifester par un miracle tombé du ciel. Arbre généalogique qui libère en ce jour une descendance du bout de ses branches. Il l'expie de sa liberté, elle abandonne les siens pour une autre vie.

La jeune fille hésite à poser ses doigts sur le tronc froid de l’arbre. La culpabilité l'envahit.

Elle ne ressent plus dans ses veines la sève couler, la protection du branchage. La solitude l’envahit, la souffrance lui colle à la peau, le froid la glace. Elle ne veut plus de ce rêve, de cette magie, de ce corps qui l’éloigne de tout et surtout, de sa filiation.

Guidée par la volonté de cet arbre, elle a langui, tout comme lui, de cette métamorphose comme l’on peut attendre avec impatience une date d’anniversaire.

Mais la voici à présent triste et déçue.

Pourquoi l’espérance de cet instant est-il si désespérant ? Pourquoi un moment joyeux peut-il être aussi malheureux ? Pourquoi cette envie de vivre et mourir en même temps ? Pourquoi m’avoir choisie pour me faire subir une telle épreuve ? Pourquoi la nature m’a parée de toute son élégance corporelle pour me dévêtir de toute ma vitalité intérieure ? Je ne veux point de cette apparence, je veux être moi-même et non ce que tu veux que je sois.

Je vais doucement me retirer, faire ma révérence et te quitter, sur la pointe des pieds.

La nature est bien faîte ! Ce cri de détresse est entendu. Le ciel s'assombrit, le vent se lève, les oiseaux s'envolent pour fuir au loin, la pluie est en chemin.

Une goutte, deux gouttes, trois gouttes d'eau me touchent, me mouillent. **Des gouttes et**, **dégoûtée** je le suis de ce corps qui ne sait me protéger de cette attaque. L'eau s'infiltre, s'insinue sous ma peau, elle désagrège mon enveloppe. Les pétales de roses fanent, se détachent de moi pour partir avec le vent qui les prend dans son envol comme on vole un fruit défendu. Un à un, mes membres se perdent et entraînent avec eux tout mon être corporel, dans une flaque d'eau.

En quelques secondes je réalise qu'il n'est plus belle réalité que celle que l'on vit. A chercher l'illusion, le rêve, je me suis perdue. Je fonds doucement dans ce liquide, je touche le fond, je me noie. Je t'aurai fait rêver quelques minutes. Oh toi ! Illustre arbre de vie, toi qui m'aimais tant, tu m'as sacrifié. Sous tes yeux je me perds, à jamais. Saule pleureur, en ce sol, tu vas pleurer, jusqu'à la nuit des temps, tant le mal va te ronger de m'avoir donné la mort.

Des mois passent. Le printemps est là. L'arbre perd tout son feuillage, son branchage de sa vitalité.

Un matin d'été, un vrombissement se fait entendre puis, une coupe, deux coupes, **des coupes**, **découpe** à la tronçonneuse. De l'orage de la nuit il reste une flaque, le reflet de l'arbre s'y perd. L'eau accueille ce bois, mort.

C'était l'histoire du saule pleureur qui un jour se perdit dans les pleurs, à jamais !

VENISE

Bella bella Venezia,

Ta place Saint-Marc et tes vestiges,

Nous donnent le vertige.

Tu t'isoles en îlot,

Tes pieds trempent dans l'eau.

Se perdre dans tes ruelles,

Et découvrir combien tu es belle.

Ta richesse nous éblouie,

Travail de toutes décennies.

Tu es pleine de vie,

Par millier la foule de toi s'enrichit.

L'envol des pigeons au-dessus de nos têtes,

Février, carnaval, jours de fête.

Tes promenades en gondoles,

Tu es la seule à être si curieuse et drôle.

En vaporetto s'éloigner avec un soupir,

Venise nous t'évoquerons dans nos

souvenirs.

Poème Alice Lacour – An 2000

Face aux épreuves, à l'adversité

l'Amour, l' *amor* triomphe toujours.

Photo Alice Lacour – An 2014

Il était une fois *l' amor* l'amour

Noël est passé, janvier est écoulé, février est consommé, mars est oublié, avril est absorbé. Et mai, en mai fait ce qu'il te plaît !
Les sentiments ça vous pourrit le cerveau et vous fait mal au cœur. Ils vous volent votre liberté et votre conscience. En fait le plus juste serait de trouver un bon équilibre et ne savoir puiser que le bon de ce ressenti pour ne point en être dépendant. Mais l'homme a été conçu pour vivre en couple, il recherche continuellement son égo, pour de deux corps n'en faire qu'un. Un enfant naît de cette union, deux enfants, autant en emporte le vent. Chaque être souhaite tôt ou tard se perdre dans un tourbillon familial, dans un cocon.

Que veut dire le mot amour ? En avons-nous la définition exacte ou doit-on vivre ce mot pour en connaître le terme approprié ? Amour bonjour ? Amour toujours ? Peut-on le palper sans le consommer ? Le désirer sans jamais le vivre ?

Ce mot à lui seul évoque l'amour, par l'intonation qui s'en dégage.

Il réveille en nos sens des sursauts de plaisir, de désir. Amour est l'évocation d'un sentiment intense, d'un attachement.

Toutefois amour est un mot à double tranchant, il évoque la passion et l'illusion. La passion dans l'attachement, l'illusion dans le semblant. S'amouracher en une amourette est un amour soudain et passager. Amour est un mot mystérieux, furtif et sournois. Encore faut-il l'apprivoiser à deux pour en connaître son partage.

Agnès veut sortir de son vocabulaire ce mot amour. Il ne la fait plus rêver, elle ne croit plus en lui. **Amour**, **à mour**...**rir** (**rires** ?).

En ce début du mois de mai, Agnès aimerait, telle une colombe, vêtue de blanc reconquérir l'élu de son cœur. Pour cela, elle échafaude un plan. Partir avec celui qui a volé son innocence, celui qui ne voyait que par elle, celui qui passait le plus clair de son temps à ses côtés.

Elle espère que ce voyage fera ressortir l'amour flamboyant d'il y a vingt-cinq ans. Elle a besoin d'une déclaration, pour du baume au cœur avoir.

A bord, ils sont trois pour cette folle expédition, elle, son mari et le chat.

La mer représente leur vie dans son immensité, les vagues sont les flots épisodiques de leur vécu avec des hauts et des bas qui se perdent dans l'écume salée.

L'impression d'être seule au monde est d'autant plus angoissante car elle l'est dans la vie réelle de tous les jours. Depuis quelques temps, Agnès est fragile et la sensation d'être abandonnée la plonge dans des crises d'angoisse. Elle oublie des mots, des noms, des lieux. Ce mal la ronge de jour en jour, elle qui espérait, à l'aube de ses cinquante printemps savourer la vie à pleine dent, la voici contrainte à subir ce mal-être : la déprime.

Le bateau va bientôt accoster sur une île au milieu de nulle part : l'île aux chats. L'eau turquoise est une invitation à la nage, se laisser porter par elle, se perdre en elle.

Le drame arrive ! Agnès n'est plus à bord. Son foulard de soie flotte sur l'eau comme un corps sans vie. Désemparé, son mari plonge et la cherche, en vain. Agnès ne réapparaît point. L'homme échoue sur l'île, épuisé, vidé. Il pleure son épouse, celle qui a donné vie à ses enfants, celle qui a toujours été à ses côtés.

Une femme âgée vit sur cette terre. Comme par magie, elle lui apparait. Elle est petite, bossue, pieds nus, drapée de tissu noir, aux traits disgracieux d'une sorcière. Son regard sombre est plein de haine. Elle l'impressionne, toutefois c'est la seule personne qu'il rencontre ici-bas et, perdu, il la qualifie comme étant une bouée de sauvetage. Il ne se doute pas une minute qu'un piège lui est tendu et qu'il a à faire à une espèce de méduse humaine.

Il est sur la plage, l'eau effleure ses pieds, les sanglots brûlent sa poitrine et les larmes coulent sur ses joues. La vieillarde ricane et lui confirme que sa femme a été engloutie sous les eaux, elle en a été le témoin.

- *Cette mer a emporté nombreux corps ces derniers temps, le fond est un puits mystérieux d'où l'on n'en revient jamais.*

Ces paroles raisonnent dans la tête de l'homme, en écho, éclaboussant son esprit vulnérable. Sans Agnès sa vie n'a plus de sens. Au paradis, il a envie de la rejoindre.

La sorcière s'amuse de cette tragédie et lui dit ressentir le mal qui l'empoisonne peu à peu. Elle va l'aider à oublier.

Son regard se porte sur le bas de son pantalon mouillé jusqu'aux mollets. Il demeure un instant figé car il aperçoit des tâches de sang sur le tissu blanc. Il lui semble suffoquer. Ses pieds s'enlisent doucement dans le sable. Il manque d'air, la tête lui tourne et il entend au loin la voix de cette femme qui lui dit qu'il est mort, que ça en ait fini de sa souffrance. Puis, plus rien !

Agnès n'est pas morte mais perdue. Elle a nagé longtemps pour atteindre le rivage. Elle s'est hissée alors sur la cime d'une montagne pour avoir un champ de vision élargie sur la baie, désireuse d'apercevoir le bateau qui lui indiquera que son mari ne l'a point oublié, qu'il est venu à sa rencontre. De là, il lui manque quelques mètres pour avoir un regard plongeant sur la plage.

Un magnifique chêne à ses côtés lui suggère alors la marche à suivre. Elle grimpe à l'arbre, en son hauteur, pour avoir de ce perchoir une vue imprenable. Ce qu'Agnès ne sait pas, c'est que le chêne est un arbre doté de pouvoirs magiques. L'avoir touché lui a transmis suffisamment d'énergie pour combattre une dizaine de sorcières sur sept jours durant.

La vieille femme croit avoir tué l'homme et s'en va rejoindre une autre proie, qui n'est autre qu'Agnès. Elle doit faire disparaître ce couple, coûte que coûte. Le bateau vaut de l'argent, elle en tirera un bon gain.

Agnès est ravie de voir une âme venir à elle, en cet être malgracieux mais qui toutefois la réconforte dans cette solitude pesante. Elle délaisse agilement l'arbre pour aller au-devant de cette vieillarde, espérant avoir plus d'informations sur cette île aux chats, loin de se douter une seconde du piège qui lui est tendu.

Agnès lui conte les péripéties qu'elle vient de vivre : la baignade, l'éloignement, l'oubli de l'heure et sa perte de repère. Elle revit ces instants avec tant de difficultés qu'elle tremble comme une feuille, la crise d'angoisse la parcourt. La vieillarde se veut rassurante et lui signale avoir aperçu un homme sur le rivage, aux côtés d'un bateau blanc, sous le nom de « Le voyageur ». Haletante, Agnès veut en savoir plus et la supplie de tout lui dire, tout ce qu'elle a vu le concernant.

Prenant un air dramatique, la sorcière lui apprend la mort tragique de son mari. Agnès ne peut croire un mot des dires de cette écervelée.

Bon pied bon œil Agnès poursuit son chemin et se dirige vers l'embarcation où elle espère trouver son époux, vivant.

C'est alors qu'en chemin un miaulement se fait entendre et attire l'attention d'Agnès. Son chat est là et lui fait des courbettes. Cet animal est le reflet de leur vie de couple, ils l'ont choisi ensemble, dans un refuge.

Ils désiraient donner de l'amour à une touffe de poil à quatre pattes, lui donner une seconde vie, plus heureuse, lui faire partager leur quotidien comme à un membre de la famille. Ils avaient eu envie d'un chat noir, nommé : Troubadour.

Troubadour se frotte dans les jambes de sa maîtresse, ronronnant tambour battant. Son chat porte la vie avec lui, donc la rassure sur l'état de son mari. L'indice à ses yeux est que l'animal aurait eu une autre attitude dans le cas où malheur se serait produit. Il aurait été plus distant, triste et déboussolé. Agnès empoigne Troubadour et le cale dans ses bras.

Sûre d'elle, elle lance froidement en pleine figure de la sorcière que son mari est bel et bien vivant, elle en a la preuve par la démonstration de leur animal de compagnie. Rien ne peut mettre en doute cette attitude, elle en donne sa main à couper. Protégée par les bienfaits du chêne Agnès est parée d'une confiance totale en elle, sans faille.

La sorcière, folle de rage, jette alors son venin, verbalement.

- *Débarrassez-vous de ce chat noir, il a le diable au corps. Cette île est l'île aux chats. Un siècle auparavant des chats par millier ont pris possession de ces lieux et amenaient à la mort tout être voulant les approcher, les apprivoiser. Cette île est maléfique. Votre chat est une réincarnation du mal, il vous faut le tuer pour que cesse à jamais la malédiction.*

Nullement touchée par ces propos menaçants, Agnès poursuit son chemin, son chat dans les bras. Une seule chose lui importe, revoir son mari.

Arrivée sur la plage, elle court à en perdre haleine, monte à bord du bateau, cherche son époux, l'appelle, en vain.

La vieillarde, amusée de la voir se démener, déploie un rire lugubre. Elle se délecte méchamment devant la jeune femme désemparée.

Elle lui tend un miroir et l'invite à regarder le triste sort subit par son mari. Elle apercevra dans celui-ci la dernière image de la triste fin de vie de son homme.

Agnès lui arrache l'objet des mains et y jette ses yeux, désespérément. Le reflet lui montre son mari, pieds et mains ligotés, calé contre un mur, au soleil. Aucun signe de vie n'est distinguable, son corps est affaissé, sa tête tombante, le soleil a rougi et brûlé sa peau.

Agnès lâche le miroir et pousse un cri strident, à gorge déployée. Elle s'affale à terre et sanglote bruyamment.

C'est alors que la magie tombe. Troubadour est là, à ses côtés, il la frôle et ronronne. Pourquoi l'animal est-il heureux ? Pourquoi ce comportement depuis le début ? Troubadour ressent-il quelque chose ?

Agnès récupère machinalement le miroir, s'y présente, avec le chat à ses côtés. Là, son visage s'y reflète ainsi que celui du matou. Puis, une autre image efface la leur. Dans ce miroir apparaît son mari, il est contre ce mur, en plein soleil et… il bouge, les sangles se détachent comme par enchantement. Il relève la tête, ses yeux croisent ceux d'Agnès.

Troublée, le miroir lui glisse des mains et disparaît dans le sable, enseveli. Elle se retourne alors machinalement, et là, devant elle, à quelques pas, son homme est là, en chair et en os, vivant.

La sorcière n'est plus. Troubadour ronronne. Le mauvais rêve est effacé, le cauchemar chassé. L'amour a eu raison sur la magie, l'on ne peut enlever la vie quand l'heure n'a pas sonné.

Agnès réalise à quel point leur couple est fort. Elle n'en doutera plus, elle n'oubliera plus les mots, les noms, les lieux et surtout pas l'île aux chats.

LA MER

Sur le sable fin,

L'écume s'allonge,

Agitée.

Caressant les grains,

De son eau qui ronge,

Alléchée.

Poème Alice Lacour – An 2000

Le triomphe de la pureté,

une petite main innocente apporte le fruit de la vie.

Photo Alice Lacour – An 2014

Il était une fois le fruit défendu

Chair croquante et parfumée, peau fine, tu es colorée ma belle ! Pas plus haut que trois pommes il vient à toi et croque dans la pomme d'amour. Tomber dans les pommes quel délice ! Sauf que !
C'est l'histoire du pommier de la mort. Il est beau, il trône depuis des décennies au beau milieu d'un champ. Il produit des fruits juteux, d'un rouge intense, une année sur deux. Il appelle à lui tous les gourmands, les attirant par sa parade en cette couleur enivrante. Tous ont eu le tort de succomber à la tentation de croquer dans le fruit défendu.

Il fut planté un soir de pleine lune. Dans le ciel, les étoiles formèrent un astre géant qui jeta sur cette plantation un sort qui punirait quiconque cueillerait un fruit.

Pas un temps mort durant l'année de production. A l'article de la mort, nombreux eurent des remords. Morts de trouille, les villageois ne s'aventurèrent plus dans ce champ, laissant peu à peu la nature reprendre le dessus.

« A mort ! » crient ces gens dont un enfant, un père, une mère, un voisin, ont été frappés par ce mal. Nul n'ose approcher l'arbre ni le couper, de peur que cela ne lui porte malheur. A l'entrée du champ un panneau est fixé *« Cueillette dangereuse. A vos risques et périls ! »*.

Dans les chaumières, depuis des années, l'on brode sur ces épisodes dramatiques. Personne ne cherche à mieux comprendre la cause de ces événements. Tous, apeurés, préfèrent bannir ce carré de terrain de la carte communale. Ce champ n'existe plus.

Je vais vous conter l'histoire du pommier de la mort.

Le jour vient de se lever sur cette terre, les herbes encore humides de la nuitée fraîche se présentent au soleil comme pour recevoir la bénédiction de ses rayons. Toiles d'araignées se drapent de brillants en des gouttelettes parsemées. La nature se réveille.

Une femme et son enfant chantent sur le sentier menant à la rivière. Le petit crie et court, heureux d'aller à la plage, faire des ricochets. La mère est pleine de vie, elle attend un heureux événement, dans un mois.

Ce sera une fille lui a dit une ancienne du village, d'après la lune sur le calendrier. Une famille va s'agrandir. Le choix du roi pour ce jeune couple récemment installé dans les encablures du bourg.

L'enfant est attiré par ce pommier, celui qui porte sur ces branches des fruits à volonté. L'index dans sa direction, l'arbre est montré du doigt. Pris de plaisir, femme et petit partent à l'aveuglette, se délectant par avance de cueillir et croquer une pomme. Leurs pas tassent les hautes herbes, que personne auparavant n'a osé combattre. Un passage se dessine derrière eux.

Arrivés au pied de l'arbre, la tentation est grande. La mère attrape deux pommes et en tend une à son chérubin, le mettant en garde de bien mâcher afin de ne point risquer l'étranglement. A pleine dents, ils croquent dans le fruit juteux et le savourent.

Quelques pommes chapardées rejoignent les poches du bambin, dont une pour papa au retour.

L'arbre délaissé, voici ce petit monde au bord du cours d'eau. Une petite main agile envoie les galets plats valser sur l'eau, en ricochet. L'heure est à la détente. La vie est belle, l'instant magique.

Rien ne laisse présager que quelques heures plus tard la vie risque de chavirer pour trois personnes. Pour trois individus qui ont la vie devant eux, avec un bébé à venir.

Dès le lendemain, des nausées se font ressentir, maux de ventre, étourdissements. Le médecin de famille se rend auprès de cette famille dont les symptômes sont identiques de l'un à l'autre. Après moult questions sur leur alimentation de ces derniers jours, il est rendu qu'ils ont mangé les fruits du pommier qui se trouve dans le champ près de la rivière.

Un traitement est prescrit mais le docteur, pessimiste, sait pertinemment qu'ils sont condamnés. La famille est à l'article de la mort. L'arbre aurait-il encore frappé ? Ils auraient dû s'étouffer, en cette nuit étoilée.

Le soleil se couche derrière la colline, il emporte avec lui une journée de plus au calendrier, un jour pas comme les autres. Le père, la mère et l'enfant luttent douloureusement contre maux et fièvre.

Dans la nuit, aux alentours de vingt-trois heures trente, un événement tout à fait inattendu se produit.

Une petit être nommé fœtus, frappe à la porte. Jusqu'à présent, il n'avait donné que très peu de signe de vie, évoluant discrètement. A ce même moment, dans le ciel, les étoiles forment un astre géant. La lune, plus étincelante que d'habitude, diffuse généreusement sa luminosité.

Le matin venu, tous les symptômes ont disparu, comme par enchantement, la famille est guérie.

Quelques jours plus tard, un beau bébé naît, une fille nommée : Désirée. Le sort n'a pu atteindre cette famille car la mère portait la vie. Trois **pommes** pour trois **paumes** et une petite main innocente pour le fruit de la vie.

La venue au monde de Désirée amorça la fulgurante chute dans les pommes du pommier.

Plus personne ne parla du pommier de la mort, s'en était fini avec l'épisode noir qui avait sévi des années durant.

LA NATURE

La nature s'éveille sur le chant des oiseaux,

A l'heure où le soleil découvre sa luminosité,

Les fleurs s'épanouissent et s'élèvent en fuseau,

Aux branches des arbres des gourmandises fruitées.

La nature immense parc vivant des animaux,

Bercée par le clapotis de l'eau,

Il y fait bon s'y réfugier,

A l'abri de toutes impunités.

La nature et la pureté de ses lieux sauvages,

Eternisée par de superbes images,

A l'orée d'un bois ou d'une prairie,

D'innombrables sentiers à l'infini.

La nature est belle et si fragile,

Elle est source de vie,

A jamais "inconvertible",

Oh ! Nature de toi nous sommes épris.

Poème Alice Lacour – An 2000

Le cœur de l'amitié.

Photo Alice Lacour – An 2014

Il était une fois l'ami Jo

Il aime la vie, se moque des quand dira-t-on. La quarantaine, Joseph dit Jo se considère heureux de son sort, même s'il ne roule pas sur l'or.
Travailleur indépendant, il gère son entreprise malgré la crise. Il dit avoir pour plus belle fortune, la santé. Vie en solo il l'a choisie afin de ne jamais embarquer avec lui âme qui pourrait un jour ou l'autre lui reprocher sa façon de vivre. Il ne veut devoir de compte à personne, il aime trop la liberté. Personnage à moult qualités pour enchanter demoiselle mais bien trop sauvage pour se laisser apprivoiser. Jamais son cœur ne s'est emballé pour une dulcinée, il s'en est protégé. Là est son choix et c'est comme ça qu'on l'aime, notre pote, notre confident, notre ami.

Nous, femmes, ne pouvons point songer une minute à une aventure naissante avec Jo. Sous le soleil des tropiques, préserver cette amitié est logique.

Parler à l'imparfait n'a aucun intérêt, l'on se calque à lui en pensant que tout ce qui est pris n'est pas à prendre, le passé est au passé. Carpe diem ! A partir de cette notion l'on relativise et l'on savoure chaque instant, chaque souffle expiré comme si c'était le dernier. La méditation n'a pour lui point de secret, c'est un sage. Il va de l'avant et positive constamment, même dans ses galères qui lui mettent méchamment des bâtons dans les roues. S'il a des soucis, c'est qu'il existe et s'il est jalousé c'est qu'il ne passe pas inaperçu.

Avec Jo, pas un jour sans rire, l'humour est au rendez-vous, les aventures sont au détour. C'est monnaie courante et le prix à payer que de partager son quotidien.

C'est un vendredi matin, une semaine avant le week-end de Pâques, Jo se rend dans une agence intérim pour avoir des renseignements sur l'éventuelle ouverture d'un dossier. A la demande de l'employée, Jo communique son nom et prénom. L'employée lui demande :

- *Monsieur, puis-je avoir, s'il vous plaît, votre numéro.*

Et Jo de répondre :

- *Personnel ou professionnel ?*

- *Enfin Monsieur, professionnel. C'est pour mon personnel !*

Jo reste médusé devant cette réponse.

- *Oui, pour ma liste du personnel à mettre à jour.*

Jo se plie à la demande de la secrétaire et lui communique son numéro de téléphone professionnel.

- *Merci ! C'est toujours plus agréable de mettre un visage sur un nom, vous avez bien fait de passer à l'agence pour la suite de votre dossier.*

Jo est alors perplexe. Première fois qu'il met les pieds dans cette boutique et l'employée semble le connaître pour un dossier déjà ouvert à son nom. Sacrebleu, Jo se pose des questions.

- *Madame, si je puis me permettre, je ne vous connais ni d'Adam ni d'Eve ! Je viens pour me renseigner et vous semblez sous-entendre que vous m'avez déjà dans vos fichiers. S'il vous plaît, expliquez-moi.*
- *Vous vous appelez bien Joseph Dupont ?*
- *Oui, du pont neuf !* Ironise Jo.

- *Comment voulez-vous que l'on y arrive si vous n'y mettez pas du votre. Répondez juste à ma question s'il vous plaît.*

- *Désolé ! Oui, je m'appelle Joseph Dupont mais je ne suis pas votre Joseph Dupont.*

- *Récapitulons. Vous habitez bien à Annonay ?*

Jo répond du tac au tac :

- *Certes, oui* !

- *Alors où est le problème ? S'il vous plaît monsieur, vous me faites perdre mon temps et votre plaisanterie est mal placée. Je suis là pour compléter votre dossier alors essayez de ne pas être désagréable.*

Et Jo, de répliquer avec un large sourire :

- *Je suis au mieux agréable, désolé si vous ressentez le contraire.*

- *Monsieur, veuillez s'il vous plaît me donner votre numéro…*

Et Jo de l'interrompre malicieusement :

- *Ah non ! Cela ne va pas recommencer, vous l'avez mon numéro professionnel. A moins que vous ne vouliez à présent mon personnel ?*

- *Monsieur, si vous m'aviez laissé finir ma phrase cela vous aurait évité de vous emporter.*

Et Jo de reprendre :

- *Autant en emporte le vent.*

- *Monsieur, concentrons-nous et cessez s'il vous plaît de m'interrompre afin que nous puissions clarifier votre situation. Je reprends donc, veuillez s'il vous plaît me donner votre numéro de sécurité sociale.*

- *Ah ! C'était donc ça ! Vous désiriez mon numéro de sécurité sociale. Il est vrai que nous sommes tous fichés donc autant commencer par le début et s'identifier par le biais de ce matricule. J'ose espérer que vous allez me trouver, sinon je serai contraint de vous communiquer mes mensurations (rires). Trêve de plaisanterie, le voici :……….*

- *Ayez l'obligeance s'il vous plaît de me le redonner, merci.*

Et Jo de reformuler :

- *Vous n'allez pas me dire que je ne figure pas dans vos fichiers. Cool la technologie ! Je vais finir par croire que ma présence ne vous est point désagréable et que vous faîtes tout pour me garder à vos côtés. Faîtes durer le plaisir, vous avez raison.*

- *Je vous invite, s'il vous plaît, à me confirmer votre date de naissance. Je vais procéder autrement pour ma recherche.*

Et Jo de bien articuler le jour, mois et année, prenant un air sévère.

- *OK ! J'ai trouvé, merci !*

- *Quoi ! Vous m'avez trouvé ! Enfin !*

- *Disons que je ne vous ai point trouvé étant donné que vous ne figurez point dans mes fichiers. Mais je peux vous confirmer que vous avez un homonyme. Cet homme est né les mêmes mois et année que vous, il habite dans la même ville que vous.*

- *Alors vous m'avez mené en bateau depuis le début avec vos histoires de numéros de-ci et numéro de-là, m'entendre dire que je mettais de la mauvaise foi et à présent me confirmer que j'existe mais que je n'exlste pas ! Compliqué votre affaire ! Mais entre nous soit dit, vous m'auriez dès le début demandé confirmation de mon adresse postale plutôt que de vous entêter à avoir tous mes numéros, reconnaissez que vous auriez peut-être fait le rapprochement avant même d'avoir eu besoin de pianoter sur votre clavier. Mais je comprends, faisons les choses dans l'ordre des choses. Pourquoi se compliquer la vie alors que tout pourrait être si simple. Sur ce, je vous invite à annuler les numéros que je vous ai communiqué, sans quoi le Joseph Dupont ne recevra pas ces offres d'emploi et Jo Dupont prendra des cheveux blancs à recevoir des appels ne le concernant pas. J'ai toutefois passé un agréable moment en votre compagnie et m'excuse si j'ai été lourd par moment. Quand vous verrez Joseph Dupont, donnez-lui le bonjour de ma part.*

- *Je n'y manquerai pas !* Rétorque la secrétaire.

- *Joyeuses Pâques à vous ! Moi, je pars pour Rome, avec les cloches. Mais je vais tâcher de ne point abuser de* ***Rome****...de* ***rhum*** *! Sans quoi, ce n'est plus la canne à sucre qu'il me faut mais une canne. Bref, pour rester en vie à Rome, je boirai de l'eau plutôt que de l'eau de vie.*

De glace, l'employée ne relève point la note d'humour et ne daigne retourner le moindre sourire.

En délaissant sa chaise, Joe aperçoit une pomme posée sur un verre. Il ne peut résister à la tentation d'une dernière plaisanterie.

- *Si vous ne mangez pas votre pomme, c'est le* ***verre*** *qui va engloutir la pomme... le* ***ver***.

La secrétaire met fin à la conversation en lui souhaitant une bonne fin de journée.

Cela ne pouvait arriver qu'à Jo. Sacré Jo ! Il a perdu une heure mais nous a fait rire de nombreuses heures avec cette mésaventure.

Pour nous, les filles du clan, Jo est notre meilleur ami. Avec lui, tout sujet peut être abordé, sans aucun tabou, il est toute ouïe, heureux d'apporter aide et soutien.

Un jour, Laure lui demande un service. Laure sort avec un gars depuis six mois, fort sympathique, mais sa situation est quelque peu délicate. Nous ne sommes pas là pour juger ni faire la morale. Elle est heureuse ainsi et cela nous va bien. Sauf qu'en ce dimanche de mai Laure est triste. Notre Jo au cœur tendre va fondre et coopérer pour elle.

Pour présenter le contexte, Laure sort avec un homme marié. Elle jongle constamment avec les horaires, les interdits, les heures et jours ouvrables, se retrouve seule le week-end, attendant avec impatience le message du lundi matin, le petit quart d'heure du lundi soir. Elle est tout simplement, à sa disposition. Il l'inonde de belles paroles, il n'y a qu'elle dans sa vie, son épouse est fantôme, plus rien ne se passe entre eux. Toutefois, l'on peut être gentille mais pas conne ! Laure a des doutes sur les dires de son amant, il lui certifie qu'il n'est pas chez lui du week-end hors l'anniversaire de sa femme tombe sur ces deux jours.

Laure est rongée par le mal. Dans sa tête, elle voit cette famille : son amant, l'enfant et l'épouse. Laure doit se rassurer et savoir si son homme de cœur est chez lui en train de faire la fête pour cette occasion. Elle ôte de ses pensées l'idée d'aller tourner vers chez lui, d'un coup de voiture, pour vérifier si elle peut faire confiance à cet homme. D'ailleurs que veut dire « avoir confiance en un homme marié ? ». Hors de question d'aller s'abaisser à une enquête sur le terrain. Elle tourne et vire essayant de chasser cette image qui la persécute, l'idée qu'il soit en famille devant un gâteau d'anniversaire, ce serait la cerise sur le gâteau !

- *S'il te plaît Jo, aides moi à y voir clair. Je me morfonds depuis hier soir. Je ne sais si je peux lui donner le bon Dieu sans confession, j'ai besoin d'être rassurée.*

Et notre ami Jo de compatir à la douleur intérieure de Laure.

- *Que puis-je faire pour toi, ma chère ?*

Heureuse de son soutien, Laure lui saute au cou.

- *T'es un amour ! En fait il faudrait téléphoner chez lui pour s'assurer qu'il n'y est pas.*

Jo prend cela au délire, pour ne pas changer.

- *Ok, je me fais passer pour l'amant de sa femme.*

Et Laure :

- *Cela me gêne. Tu sais, si tu ne te sens pas à l'aise, oublie. Après tout, c'est ma galère et je n'ai pas à t'y mêler.*
- *Laure, je m'y engage, je suis ton chevalier servant. Propose et je dispose.*
- *Jo ! En fait il faut que nous appelions à partir d'un numéro caché. Je vais bidouiller avec le tél de ma sœur. Il faut que tu fasses l'idiot prétextant chercher un gars et après tu pourras dire que tu es désolé, que tu t'es trompé de numéro. Faut juste que tu t'assures qu'il soit là, si une voix de femme répond arranges toi pour avoir son mari. A présent, à toi de jouer !*
- *Ok Laure ! Donc je vais demander... : Pierre. Oui, ce sera Pierre ! C'est parti, je*

me lance. Tu sais quoi ? A cet instant je me sens un peu poire, heureusement je ne m'appelle pas William !!!

En attendant, Jo fait les cent pas dans le salon. Une peur le parcourt à l'idée de mener cette enquête. Il va le faire pour Laure mais ce n'est pas là le meilleur rôle qu'il ait à jouer. Vivement l'appel donné pour que tombe le verdict. Quelle expédition !

Jo s'installe dans le canapé, Laure compose le numéro et lui tend le combiné, excitée comme une puce. Tout va se jouer dans les secondes qui suivent. L'émotion est palpable, Jo joue le rôle d'entremetteur dans une mise en scène de dingue, juste pour s'assurer que monsieur n'est pas à son domicile. Alors qu'il est chez lui après tout !!! L'essentiel est de rassurer sa chère Laure qui se ronge les ongles depuis vendredi soir.

Ca sonne. Laure ne décolle pas son regard de celui de Jo, elle le perturbe par l'insistance de son espérance dans ses yeux. Son avenir est entre les mains de son ami, c'est terrible.

Catastrophe en la demeure : *« Vous êtes bien chez X & Y, veuillez laisser un message après le bip sonore, merci ! ».*

Ligne coupée par un mouvement de l'index, l'on ne va pas laisser un message, ne manquerait plus que ça : *« Oui, c'est Laure qui veut savoir si X est bien chez lui à tenir la chandelle. Sa maîtresse ! ».*

Laure est dégoûtée. Elle n'est pas plus avancée. Mais, alors que Jo va pour reposer le téléphone sur la table basse, celui-ci se met à sonner. Instinctivement il appuie sur la touche verte et entend à l'autre bout du fil :

- *Pierre, c'est toi ?*

Jo balbutie et échappe maladroitement :

- *Vous faites erreur, désolé !*

Après avoir raccroché, Jo est animé par une vive émotion. Tel est pris qui croyait prendre ? La peur l'envahie l'espace de quelques secondes.

On eut dit que leur complot venait d'être mis à jour, par un plus futé qu'eux. C'est terrifiant, tellement inattendu, imprévisible.

- *Laure, mais qu'est-ce que c'est que cette machination ? Le numéro est masqué. Je devais demander à avoir Pierre, que je n'ai pas eu étant donné que je suis tombé sur le répondeur. Je pose ce satané téléphone et zou il sonne et l'interlocuteur à l'autre bout du fil cherche un Pierre. Histoire de dingue ! J'ai eu la peur de ma vie. Ce n'est pas possible ! Le gars a fait une erreur ! Un simple concours de circonstances. C'est incroyable ! J'en tremble encore.*

Et pendant que Jo se lamente, Laure ne peut s'empêcher de rire. Elle revoit la scène. L'attention est au plus haut degré, la concentration sans faille et zou un appel vient perturber cet épisode pour l'inscrire ainsi dans les anecdotes de Jo.

- *Laure, ne me mets plus un téléphone dans les mains, s'il te plaît !*

L'on en rit encore.

Toutefois le mystère demeure.

Qui a bien pu chercher Pierre ?

PARIS

La France est un pays,

Sa capitale est Paris.

De l'eau coule dans ses veines,

Empruntant méandres de la Seine.

Son architecture est remarquable,

Dotée d'une richesse incommensurable.

Sa ville déploie mille et une merveilles,

Parmi lesquelles la Tour Eiffel.

La cité des Parisii a fait d'elle une déesse,

L'île adopta le nom de Lutèce.

Empreinte d'Histoire,

Paris ne cesse de nous émouvoir.

Poème Alice Lacour – An 2000

Franchis cette porte entr'ouverte

pour entrevoir ton destin.

Photo Alice Lacour - An 2014

Il était une fois Claire

Beaucoup de monde ici-bas, monde bien assez grand pour tous.
L'histoire se déroule dans un charmant village d'Ardèche. L'église abrite bien des mystères. La statue de Saint-Joseph trône fièrement sur la face nord ouest et garde, depuis la nuit des temps, des confidences inscrites dans un cahier.

Stratégique est son emplacement, constante et silencieuse est sa présence. A ses pieds, une table sur laquelle est couché un cahier de brouillon. Sur ces pages courent des écrits transportant des appels au secours, des demandes, des implorations, des prières, des remerciements, de l'espérance. Notes égarées sur les lignes en **désordre**. **Des ordres** donnés par l'au-delà ?

C'est un mercredi. La douceur dans l'air est agréable. Le soleil timide en ce mois de mars effleure les visages à l'approche du printemps. Telle une poupée de cire, une jeune fille au visage poudré de pastel est figée sur le perron de l'église. Ses cheveux bouclés, couleur boutons d'or flottent dans l'azur du ciel, ses yeux bleus se perdent sur le superbe portail de style roman.

Comme attirée, ses pas la conduisent jusqu'à la lourde porte de bois massif. Sur la pointe des pieds, Claire pousse lentement l'ouverture qui entraîne avec elle un petit grincement tel le chant d'une cigale. L'intérieur est sombre et feutré. Des odeurs d'encens et de bougies flottent dans un nuage de fumée. Trace du temps jadis, des dalles de pierre tapissent le sol en un quadrillage uniforme.

Sur les murs décrépis, un chemin de croix guide vers le chœur de l'église. Au sein de l'autel, siège une massive table de pierre brute, patinée par les ans et recouverte de poussière séculaire. Seule source de luminosité, dans la courbe des ogives romanes, la tiédeur colorée des vitraux distille la clarté.

Seul trouble à cette quiétude spirituelle, les bruits mécaniques de l'appareil photographique de Claire. Elle ne peut rassasier sa soif en ces lieux où la beauté architecturale est belle et pure. Elle laisse voler ses pensées.

Ses yeux maintenant habitués à la pénombre distinguent une petite table en bois, un peu bancale, mitée, patinée par le temps. Son unique utilité est de porter aux yeux des visiteurs un cahier blanc agrémenté d'un crayon.

Ne pouvant se retenir davantage, Claire cède à la curiosité d'approcher ce modeste ameublement. Elle franchi la distance qui la sépare de cette pièce de bois. Caressant d'un doigt distrait le grain du papier, ses yeux sont happés par des mots...témoignages de vie, de joie, de souffrance, d'espérance ; laissés là par autant d'anonymes. Lentement ces mots emportent Claire.

Claire va laisser couler l'encre sur ces pages. D'une écriture déliée, elle allonge la couleur sur ce papier blanc.

« Que le bonheur frappe à ma porte, merci. Claire »

A ce moment-là, le soleil perce de ses rayons les vitraux. La lumière étincelante effleure Claire et dépose sur elle un filament multicolore. Un demi-tour pour des clichés qui tournent et virevoltent, du chevet à l'entrée, empruntant le passage entre les bancs disposés en diagonale. Rêveuse, Claire s'imprègne de l'atmosphère ambiante. Puis, elle lève les yeux au ciel et pleure. Le célibat lui pèse.

Combien de temps est-elle restée là, à puiser en elle la force de croire et espérer en l'amour ?

Le tambour des cloches qui sonne la demi-journée la rappelle à l'ordre. Elle doit partir.

Elle reviendra, pour dans ces murs épurer ses pensées.

Aussi, le cérémonial du mercredi s'instaure petit à petit, malgré elle.

Comme envoûtée, Claire aime à pousser la lourde porte et pénétrer dans les entrailles de l'édifice, attisée par ce lieu mystérieux, ce cahier et les âmes qui vivent en son intérieur.

En ce deuxième mercredi, une phrase troublante la fait chavirer. Plusieurs lignes ont rejoint les siennes pour finir une page. Elle s'égare sur ces notes et s'arrête alors sur l'avant dernière.

« Laissez entrer le bonheur par la grande porte. Patrick »

Ce message lui est-il destiné ? Il répond en quelque sorte à son écrit. Le meilleur moyen d'élucider cette note est d'y répondre pour qui sait, avoir un retour ! Claire s'empare du crayon et griffonne la phrase suivante :

« Je ne crois au bonheur que s'il est partagé. Claire »

Le mercredi suivant, l'étrangeté est alors un peu plus prononcée. Sans aucun doute, Claire a un correspondant.

« La preuve du partage se fait par l'écrit. Patrick »

Deux phrases pour le trouble d'une vie ? Une euphorie la parcourt, l'envie folle d'écrire, une fois de plus, en ce troisième mercredi.

« Où que vous soyez, faîtes-moi un signe. Eclairez-moi s'il vous plaît. Claire »

Ce petit jeu demeure discret dans la formulation des questions réponses, idem un code. A part elle et lui, personne ne peut se douter de leurs échanges.

Pendant deux mois, huit mercredis, Claire est fidèle au rendez-vous littéraire. **Enquête**, **en quête** d'assouvir la soif qui l'anime, celle de rencontrer son interlocuteur fantôme, celui qui l'abreuve délicieusement dans cet espoir.

Le parfum capiteux de l'encens et des bougies l'enivre. Machinalement, Claire dépose son vieux boîtier numérique sur le côté de la table, précieux réceptacle des scènes, impressions, sensations figées et emprisonnées dans la carte mémoire. Comme à son insu, Claire se rend compte qu'elle a photographié les mots du cahier.

Pourquoi ?

La lecture du dernier message :

« Que ce ciel triste et gris n'embrume pas ton esprit. Ma voie est tracée et sans retour. Pardon. Patrick »

Se sont-ils rencontrés en ce mercredi ? Est-elle partie avec lui ? Rendez-vous à **l'aube** ? **L'aube** sera t'elle son habit de lumière ?

Il n'a pu voler **sans ailes**. **Sans elle**, est-il vraiment lui ?

Qui est-il ? Où est Claire ?

Nul ne saura jamais comment s'est finie l'histoire de Claire, ni qui est Patrick et s'il existe vraiment. Toutefois on a la certitude que Claire est bien venue huit fois, à une semaine d'intervalle, se recueillir dans cette église. Les écrits datés en témoignent, appuyés des photographies.

Pour seul dépositaire de cet échange, le vieil appareil numérique ; il fut remisé en mairie.

Personne ne le réclamera, jamais !

L'histoire de…

Il était une fois…

L'histoire de…raconter le vécu, l'histoire de…faire partager, l'histoire de…voyager.

C'est toute une histoire !

Il était une fois…le fantastique, il était une fois…le partage, il était une fois…le voyage.

C'est toujours une fois !

Il était une fois, l'histoire de la plume et du papier. Ces deux matières ne pouvaient point se soustraire l'une à l'autre. Une main jouait avec eux, flirtait avec l'encre et couchait la couleur sur le papier.

Calligraphie personnelle dans laquelle traits et formes livraient une âme unique à chaque individu. Gribouillis de-ci, ratures de-là, la plume obéissait fidèlement au bon vouloir de l'auteur qui par son intermédiaire faisait naître en elle des lignes de vie.

Alimentée par la gestuelle perspicace de l'écrivain, l'ébauche vivait, épisodiquement. Le temps coulait entre les doigts de l'auteur, le fragilisant parfois dans son inspiration.

Puis ce jour est venu. Dans l'air du temps il a évincé plume et papier, gribouillis et ratures, uniformisé les caractères des lettres.

Qui est-il ?

On le pianote au moins une fois par jour, le progrès étant !

Table des matières

Reproduction interdite

Photos : Alice LACOUR

mail : lacour.alice@orange.fr

Dépôt légal : Juin 2014

Achevé d'imprimé en Juin 2014
sur les presses de

impressions FOMBON • Aubenas IMPRIM'VERT